人生の滋味

池波正太郎かく語りき

池波正太郎

幻戯書房

SHOTARO IKENAMI
池波正太郎
生誕100年企画
100TH ANNIVERSARY

人間の世の中ってのは面倒なものだからね、
一つがよくなれば、一つが悪くなるんだよ。
そういうふうにできてるんです。
民主主義、個人主義がひろまったのは結構なんだけど、
個人個人が好き勝手なことをやってきたから相談する相手もいない。
わかっているのは当人だけ、というのがいまの風潮なんだね。
じつに味気ない世の中になってきた。

——男の常識をたくわえるということは、結局、自分の得になるんだ

じいさんのきたないのはイヤだから、
少しは身だしなみに気をつけたいと思っているだけのことです。

――おしゃれは、まず自分を知ってから

目次

I

Ⅱ

Ⅲ

Ⅳ

装丁　緒方修一
写真　紘志多求知
協力　オフィス池波
宮澤則雄

人生の滋味　池波正太郎かく語りき

凡例

一、本書は『完本池波正太郎大成』全三十巻・別巻一（一九九八―二〇〇一）ほかの著作物に未収録だった池波正太郎（一九二三―九〇）の言葉を初めて集成したもので、宮澤則雄氏の長年の渉猟による成果です。

一、初出は各篇末尾に付しましたが、一覧として巻末にも別途掲げました。

一、談話やインタビュー等は各篇末尾の初出とあわせ、その旨記しました。

一、インタビューや対談、座談会等の性格上、多くが写真とともに掲載されていましたが、本書では原則これを割愛しました。

一、初出が無題の場合、タイトルは当該紙誌面より適宜採りました。

一、本文は原則、初出の表記に従い、全体の統一は行いませんでした。ただし、明らかな誤字脱字は正し、掲載媒体の字詰の都合で省かれたと思われる句読点は補い、ルビは適宜加減しました。

一、編集部による註釈は［　］に示しました。

一、各章扉に掲げた池波正太郎の書の語意はそれぞれ次頁に示しました。

一、今日では不適切と思われる表現がありますが、執筆時の社会環境、および著者が故人であるという事情を鑑み、そのままとしました。

幻戯書房編集部

I

「波」1976年2月号表紙より

冬日可愛《とうじつあいすべし》……「夏日可畏」と対比して、容赦なく照りつける畏《おそ》るべき夏の日ではなく、暖かく降りそそぐ冬の太陽の如く愛すべき人をいう紀元前中国の歴史書『春秋左氏《さし》伝』の言葉。

大川の水

浅草に生まれ育った私と大川（隅田川）は、心象の中で、「切っても切れぬ……」ものとなってしまっている。

むかし、子供のころ、熱中していた映画や芝居などの影響をうけて、友だちと「ひとつ、身投げがいたら、助けようじゃないか……」などと語り合い、この写真の駒形橋を、友だち三人と数日間も夜ふけにうろついていて、巡査（警官）につかまり、注意をされたことがある。

五十をこえたいまも、大川の水をながめていると、飽きることを知らない私だ。

（「わたしの東京風景」『The 東京』読売新聞社　一九七五・四・二十）

いまに残る江戸八百八町　大川端の昔といま

大体、江戸の名残りというものは、関東大震災と、せんだっての戦災で、消滅してしまった。だけれども、戦災の前までは、たとえ建物が大震災で焼けてしまっても、江戸の気風が残っていたんだね。江戸というものの面影が……。

それは、今となっては江戸の情緒を感じようとすれば、映画のスクリーンと同じで、切りとってみなきゃいけないわけだ。

うん、切りとってみるということは、たとえば、いま、湯島天神へ行くとするでしょう。湯島天神の男坂、女坂をのぼっていく。あの境内のありさまというのは、「江戸名所図会」に載っている絵の面影を、まだ、彷彿《ほうふつ》とさせる。

彷彿とさせるけれどもね、昼ひなか、お天気のいい昼ひなかに見ても、まわりは、林立するラブホテルとビルディングでしょう。そうなれば、江戸の匂いは、たちまち消えてしまうわけだ。

その場合、夜、行ってみる。けばけばしい現代建築というものが、夜の闇に隠れる。あるいは、冬、雪のさなかに男坂をのぼっていく。切りとってみるということは、そういうことなんだね。

ぼくが、偶然に、二月に行った時だ。雪の中に梅が咲いていていたんだねえ。梅が名物だから。そういう時の神社の境内というものは、まざまざと江戸を思い起こさせる。

だから、江戸が見たいという人は、その一番いい方法は、例の有名な「江戸名所図会《ずえ》」「斎藤長秋ら著。天保五、七（一八三四、三六）年刊行の初版全二十冊が国立国会図書館デジタルコレクションで閲覧可能」ね、これは文庫本も出ているし、復刻もされている。これと、今の場所とを照らしあわせて東京の好きなところへ行ってみるのが、何かが残っているものを見つけるいい方法だと思うね。

まあ、深川、浅草ね。今の破壊的発展から取りのこされた場所へ行くのが、いいわけですよ。浅草の「駒形」のどぜう屋、あるいは深川の「伊せ喜《き》」のどぜう屋というものは、もう江戸時代そのものの店構えの感じで残っているわけだから……。そこだけは、周囲とは全然違うし、その一つだけをとっても、昔の面影を偲《しの》ぶことも、昔の東京人ならできるわけです。

浅草には、昔の仲見世から観音様というものが残っている。

ぼくがよく行く並木の「藪蕎麦《やぶそば》」でも江戸とはいわないが、東京の初期、あるいは昭和の初期の頃の蕎麦屋の構えというものを崩さないわけですよ。それで、中に入れば、右が土間で左が入れ込みの座敷でね、そして、うまい酒を飲ませると。まず、浅草一でしょうね、あそこの酒は。名前は言わないけど、有名な料理屋でも、樽《たる》の菊正にビン詰めまぜて飲ませるからね、今は。

おそらく「藪」の菊正というのは、昔から醸造元から入っているんで、むこうもちゃんとした酒を寄こすんでしょう。

だからね、午後の3時頃に行けば、まだ客も少ないわけだよ。そこでのんびりと、酒の三合も飲んでだね、鴨南《かもなん》ばんの一つも食って、仲見世をぶらぶら歩くということは、結局、昔の東京人の気分を、ある程度、思い出させるということでしょう。

それで、蕎麦屋へ行っても、蕎麦道具といって蕎麦を入れる器だが、ちゃんとした蕎麦屋は、昔からの蕎麦に似合った道具ってものを使っている。益子焼の、デコボコした丼《どんぶり》に蕎麦を入れて食ったってね、ちっとも蕎麦の感じがしない。

江戸の名残りは、年老いた職人の腕に辛うじて支えられて

そういうことが、だんだん見分けられるようになると、江戸の残り香というものが、いくらか感じられてくるわけだ。

ぼくなんかの場合は、それに、浅草でなきゃ、揃わないものがあるんだよ。帯とか、足袋とか、下駄というものは、昔から買っている店屋のものでないと、どうも具合がわるい。そういう店が、まだ浅草には、何軒か残っているんですよ。

鳥屋の「金田」もいいね。ところが、この「金田」は、戦前のとは違うんですよ。場所はおんなじだけど、経営者が。本家の「金田」は、戦災でここが焼けたもんだから、一時、よその場所へ行っちゃった。そこへ別の人が入って、場所だけとって今の「金田」をやっている。

元の「金田」は、前の場所は渡しちゃったもんだから、しょうがなくて、今、千束町で「本家の金田」をやっている。ここも繁盛していますよ。だけど、ぼくは昔のままの「金田」へ、今でも行

くわけだ。

どうしてそうするかというとね、職人が残っている。新しい「金田」にむかしの「金田」の職人が残っているんだよ。ですから、昔のままの感じで鳥を出す。鳥の切り方から、器から鍋までね。店のたたずまいが、昔ほどじゃないが、奥庭があって、しゃれた離れがまだ残ってます。昔の感じを偲ばせる、うん、そういうことだ。

「前川」という「藪蕎麦」の前の鰻屋《うなぎ》も観光バスがこの頃入って、大量生産でやるコースもあるが、夜は落ちつく。庭に面した奥の座敷で食うというのは、やっぱり昔を偲ばせるものがあるでしょう。

これは食い物屋じゃないけど、観音様に入るところの、仲見世のもう尽きるという右っ側に、「伊勢勘」という店があるんです。ここは、江戸のおもちゃを売っている。ほんとの洗練された江戸の玩具だね。

人形とか纏《まとい》の模型とか、江戸のおもちゃの唯一の洗練された、郷土みやげとして最高のもんだ。それは、しゃれたものだよ、まだ、ここも年寄りの職人が残っているんですよ。

まあ、新吉原は、往事を偲ばせるものが全然ない。かろうじて大門《おおもん》が一つ残っているが、周囲の景観はすっかり変わってしまった。吉原ほど、昔の面影を消滅さした遊び場所はないね。

トルコ風呂とかが林立していても、本来なら、遊廓の残り香が残っているもんですよ。ところが、それが全部なくなっちゃってる。もう、普通の町並みになっちゃったから、吉原で、昔の面影を偲ぶというものは、何ひとつありません。

風景が壊れると、人の心までが変わる。これが恐い……

ぼくらが、十七、八のころ行ってた吉原っていうものは、まだ木造建築も多かったしね、いろいろな仕来《しきた》り、風習が、残っていたんです。

昔はね、この廓《くるわ》ととなりあわせの猿若町の芝居町。この二つが、江戸文化の二大源泉だった。単に女を買うなんていうよりは、もっと深いものがあったんだね、新吉原には。

大川（隅田川）の方にも、しょっちゅう行きますよ。行ったって、何もありゃしない。川の面《つら》見て、帰ってくるんだけど、まあ、川があれば、そこにいろいろとイメージが浮かんでくる。やっぱり、昔の自分の暮しにつながってきて、絶えず、そういう場所を歩いていると、イメージが浮かぶわけですよ。

昔は、ぼくらが十七、八のころに、株屋にいたころだが、東京から潮来《いたこ》［現茨城県潮来市］まで舟で行けたんだよ。はじめ江戸川へ出て、江戸川から荒川、荒川から利根川へ行って、利根川をずうっと下って行くんですよ。船宿というものが、まだ、かなりあったんだ。

船頭にうんとチップをやってね。こっちは夕方の月を見ながら、舟の中で飲みながら行く。終夜、夜明かしで、潮来まで行くんだ。

ぼくは、大学へ行かないおかげで、そういうことができたからね。

小説の場合も、「江戸名所図会」だの江戸の地図を見てね、ここを歩いて、なんとか橋を渡ってどこへ出たって書いても、これは、その人の江戸にならないんだ。それは、ただ、地形をうつしているだけだからね。

自分が見た昔の東京の姿が、ほんとの江戸の姿じゃないかもしれないが、「これが自分の江戸である」と信念を持って書かないと、江戸っていうのは出てこないのだね。ぼくは、十三の年から世の中へ出ているでしょう。だから、およそ十年、得をしているわけだよ、同年輩の男たちにくらべて。

「鬼平犯科帳」になぜ、江戸の風俗と人情が色濃く出ているかと問われても、そうしたぼくの経験と信念で書いているという他はないね。

正月三ガ日に歩くとなると、水天宮へでもお詣りして人形町から浜町へかけて、ブラブラ、ブラブラ、のんびりしていいですよ。人通りが少ないし、そして、下町の情緒が残っているし……。浜町の「藪蕎麦」でも開いていれば、もう言うことはないわね。あそこはうまい。

さっきも、並木の「藪」のことを言ったけど、「藪」の本家は、昔、本郷の団子坂の近くにあった。それが、明治となって神田の連雀町へ移って、そこで分かれたわけなんだ。

「藪」なんていう名は、この近くにもありますよ。しかし、「藪」でもうまいのは、神田連雀町と浅草並木のと、人形町のそれと、東京じゃ、ぼくは、それくらいしか知らない。

水天宮へでもお参りして、人形町をゆっくり往復歩いて、小さな昔の家が残っているから、その辺の路地をぶらっと入って、ぐるぐる回っているうちに、「藪」も出てくるだろうし、何か珍しい店も出てくるだろう。買物なんかも、珍しい品物を売っているんじゃないかと思うな。

深川でも、すっかり面影が変わりましたが、富岡八幡宮にお参りして、あるいは深川のお不動様へお参りして、お不動様の境内で売っている清水のきんつば、遅く行っては売り切れちゃってるだろうが、このきんつばを買ってくることも、やっぱり、古い東京の感じがするね。深川は、まだ、川が残っているから、川っぷちを歩いてみるのもいいだろう。昔は、深川へ行くと、潮の香がしたもんですよ。

しかし、今はね、海も遠くへ行っちまった。

大川だって、高速道路のおかげで景観が台無しになった。

毎度言うけど、東京の人が都政してるわけでも、政治してるわけでもないからね。風景なんか知っちゃいないと、てめえの田舎さえよきゃいいというご時世ですからね。

それに、立ち退きっていったって、なかなか立ち退かないわね。だから一番簡単な、都自身が持っている川の上へ高速道路を、架けるんですよ。そういう安易なことをやるんだね。

都市の景観は、みんな壊れて行くんだ。風景が壊れるってことは、人の心まで、変わるんです。これが恐い。恐いんだよ、これが。街の風景に、情緒が失われると、人の心にも、情緒が失われてしまう。

江戸という町は、住みやすかったに違いないね。江戸の市政というのは、市民中心主義だから、封建時代でエばっているように見えても、うん、市民に対して江戸幕府が気をつかうことといったら大変ですよ。悪いことさえしなきゃ、こんな住みいいところはない。悪いことしたらたいへんだ。連帯責任だから、当人ばかりじゃない、家族まで、全部罪になっちゃうからね。

当時の江戸というのは、風俗文化、つまり人間の文化の水準においては、世界一です。イギリスだろうが、フランスだろうが、アメリカだろうが、とてもかないません。まず、日本人の文化というものには。

蕎麦の食べ方についてしゃべれというの？　これは、のびちゃいけないの。まず、のびないうちに食うというのが先決なんだよ。運ばれてきた蕎麦を前にね、べちゃべちゃしゃべって、のびてしまってはしょうがないんだ。天ぷらだって同じ。天ぷらっていうのは、腹をすかしていって、揚げるそばから息もつかずに食わなきゃ、しょうがないんだよ。

正月は皇居から湯島へ、そして浅草、人形町を訪ねて……

こんな、どうでもいいような心がけひとつで、あるいは、むかしの東京が目前に浮かびあがってこないとはかぎらないんだ。

東京の食べ物屋というと、神田連雀町の「藪」のところに、「竹むら」という汁粉屋があるわね。これは、昔の東京の感じをのこした汁粉屋ですよ。

その前に、あんこう鍋の「いせ源」、それから鳥屋の「ぼたん」、あの辺は女中たちも突っけんどんでね。

だけど、昔の東京の食べ物屋が、あそこに四、五軒並んでいると、あの、一角に戦前の東京があるという感を強くするね。

しかしねえ、食べもの屋にも、東京風の食べ物がなくなってくるということで寿司屋にウイスキーが置いてある時代だからねえ。

ええ、結局は、風景論じゃなくて、人の気持だね。

ぼくの書く鬼平で、平蔵が部下にねぎらいの言葉をかけるのがいいということになってるが、それが普通なんですよ。今ね、女が気がつかないっていうのは、しょうがないよね。男の気が回らないこと、実にこれはおびただしいもんだ、ああ……。

鬼平なんていうのは、特別に気が回ってよく気がつく人だと思うかもしれないけど、あれが普通なんです。

もう少し、昔の東京を探すと、佃島ね。ここは、今でも、東京の下町が残ってます。船溜りも少しは残っており、もちろん、船が大分出なくなったから、昔日の面影はないが、夏の夕暮れに、あそこを歩いてみる。みんな縁台出してね、おじいさんが、涼みながら将棋指したり、世間話をしている風景が見られますよ。

ただ、昼間、セカセカ歩いたってだめなんだ。時を選んでいろんな時に行ってみる。これがいいんですよ。

旧東京の名残りが、はっと現われることがある。

赤坂でも、赤坂ってとこはね、緑の濃い、森に囲まれたいい町だったんです。「山の茶屋」「鰻料理。日枝神社に隣接」に行って、中へ入ると、昔のまんまだね。ことに夕暮から夜にかけて行くと、昔のまんまだね。

皇居の周囲にも、かろうじて、江戸の香がある。

皇居を移転させろなんていうバカなことを言っちゃいけない。あれは天皇制と関係ないことですよ。皇居があるから、皇居のまわりの景色を壊さないでいるわけですからね。

あの美しい城を、めちゃんこにされたら、たまらないよ。
新春に、皇居のまわりをゆっくり歩いて、有楽町から省線［現ＪＲ］に乗って御徒町で降りて、湯島天神にお参りする。不忍池に出て地下鉄で浅草へ。観音様にお参りして、何か食べて、また地下鉄で人形町へ出てくりゃいいのじゃない。まだ、何かあるはずだねえ、きっと。

（談「新春特別読物　イラスト歴史の旅２」「週刊文春」一九七七・一・六）

光りと闇

明治維新以来、東京は、関東大震災と太平洋戦争の空襲によって、江戸の面影を、ほとんど消滅させられてしまった。

そして、大戦後の日本へ奇跡的にもたらされた繫栄による〈機械文化〉は、わずかに残存していた東京の特殊な香りを容赦なく踏み躙《にじ》り、得体の知れぬ〈化け物都市〉をつくりあげてしまったのである。

関東大震災は天災であったが、戦災も人間たちのしたことだから「人災」といってよく、最後の一つのは、戦災以上に奢《おご》り高ぶった人間たちの、

「風土破壊」

なのだ。

食生態学者の西丸震哉氏は、つぎのようにいっておられる。

「……もし、亡《ほろ》びの危険をいうのなら、ここ数十年の間に人類が指向し、やってきた路線は、まさ

に、かなりの短時日で種の滅亡を招き得るものであり、人が考えるより、はるかに人類より弱い他の動・植物をまきぞえにして、この自然界をメチャメチャに壊してしまう破壊主義者としての人間という種は、登場してくる必然性があったとしても、ハナツマミの鬼ッ子なのではなかったか。
その人間は、自然の美しさをチャンと心得ていて、その良さに抱かれると心の平安が味わえることを認識していながら、その自然を自分の手でぶちこわしつくさなくては気がすまないかに見える行動をとる」

同感である。

西丸氏は二十年も前から、この大事を主張しつづけておられるが、政治家も木端《こっぱ》役人も、耳をかたむけようともせぬ。

申すまでもなく、私をふくめての国民自体が、一時しのぎの繁栄の奔流に巻き込まれてしまったわけだ。

風土と、その景観と人間の生活。

この三つが、人類の真の繁栄にとって、

「ぬきさしならぬもの……」

であることを、人びとは……いや、日本人は忘れきってしまったかのようだ。

この、せまい小さな島国へ、大陸でこそ通用する機械文化を血相変えて取り入れ、氾濫させてしまった日本人は、近い将来に、当然、大自然の厳しい叱責を受けるだろう。

明治二十二年に夭逝《ようせい》した天才版画家・井上安治《やすじ》の業績の一つ一つを、いま、丹念に見ていて、おもわず深いためいきを洩らしている自分に気づくのである。

たとえば、夜の闇に包まれた柳橋の夜景。その闇の深さがあればこそ、人が住む家の灯火《ともしび》が情趣と恩恵（いうまでもなく自然の恩恵である）を、人びとの胸につたえることになる。

その暗い大川（隅田川）の川面、澄み切った大気をたたえた夜空。橋をわたる人の下駄の音。この絵そのものの情景は、戦災前の東京に、たしかに残っていたものなのである。それから四十年もたたぬうちに、川という川は埋め立てられ、兇器と化した車輛の疾走にゆだねられた。

去年、フランスの田舎とスペインの一部へ旅行をしたが、スペインの首都・マドリッドへ行ったとき、壮麗な大都市が、すばらしい緑におおわれているのを見て、

「すごいなあ。東京とはちがいますねえ」

同行の若い友人が、そういったので、

「むかし……といったって、戦前の東京だったら、マドリッドに負けなかったよ」

と、私はこたえた。

一例をあげるなら、赤坂の山王あたりの、台地の深い木立。そして外濠《そとぼり》一帯の見事な景観は、初夏のころともなれば目がさめるような美しさだった。

井上安治の版画に〔上野御霊屋《おたまや》〕の一枚がある。

私が少年のころは、まさに、このとおりの景観で、私たちは、この杜《もり》の中を走りまわり、星空を仰いで「山賊あそび」をやったりしたものだ。

一坪の庭もない、東京の下町の小さな家に住み暮していても、人びとは、おもうままに外の緑を、花を、青空を、豊富な水を、たのしむことができた。

町内の道路は、蝙蝠《こうもり》が飛び交う夕暮れから夜にかけて、人びとの〔サロン〕となった。

夏になると、人びとは道へ縁台を持ち出し、将棋をさしたり、歌舞伎や新派の役者たちについて語り合ったりした。

これは果敢《はか》ない郷愁というようなものではない。

これこそ、人間の文化というものだった。

むかしの人びとは、現代人よりも、はるかに大きくてひろびろとした公共の美しい空間を共有していたのである。

その事実を、井上安治の作品は、明確に私たちへつたえてくれる。

一九八一年九月

（『色刷り　明治東京名所絵　井上安治画』木下龍也編　角川書店　一九八一・十一）

13才で株屋の小僧になる

苦闘時代といわれても、どうも私にはピンときません。話をしてみると、よく「苦労しましたね」といわれるんですが、私自身にはそんな感じがあまりしないんです。

他人から見れば苦労と思われることが、私には日常の生活だったんですね。もちろん、あの当時からくらべれば、いまの生活はまあまあですが、いくらふり返ってみても、苦労した実感がわいてきません。苦労なんて、そんなものじゃないですかね。

私は、学校は小学校しか出ていません。というのは七才のときに、父と母が別れてしまい、私は働き出した母の手で育てられたからです。別れた原因ですか？　それは父が酒飲みでお人よし、母が勝気な女だったので、いっしょに生活ができなかったんだろうぐらいにしか、私にはわかりません。

そんな境遇でしたから、小学校を出てすぐ株屋の小僧になりました。獅子文六先生の「大番《おおばん》」に出てくるギューちゃんの生活そのままです。前だれをかけ、「正《しょう》どん、正どん」と呼ばれ、くるくる働かされました。株屋といっても、もちろんいまみたいにしっかりしたものではなく、ずいぶん投機性の強いものでした。そのため、金のために身をもちくずしていく人たちを身近に見て、子供心にも金というもののおそろしさを、いやというほど知らされました。これは、その後の私にとって大きな収穫でした。いまでもパチンコひとつやらないのは、そのころの影響だと自分で思っています。

やがて戦争がはじまり、私も海軍に引っぱられ、さんざんいじめられました。いまだにその痛みが残っていますが、私の生涯で最大の苦痛時代でした。

終戦と同時に、さっさと東京に舞いもどり、母のもとへころがりこみました。母は父と別れてからずーっと、住みこみである会社の賄婦《まかないふ》をしていました。「しばらく遊んでいろ」といわれましたが、あまりゆっくりできるところでもありません。つてをもとめて都庁に就職しました。というより住みこんだのです。職場と自分の寝場所がいっしょという生活です。夜は一人、そして、ひまなので、むかしから好きだった芝居の脚本を書きはじめました。娯楽機関のない当時のこと、それが唯一の楽しみでした。そして、それが私の文学生活のスタートになったんです。

昭和二十一年、私の書いたものが読売新聞の懸賞に入選、それからはますます力を入れるようになりました。といっても生活は、いぜんとして苦しく、暖房のない冬の夜、左手に固くなったパン、こごえた右手に鉛筆といった姿が当時の私です。

それでも不思議なものですね、腹はへっても、恋だけはできるんですから。二十五年夏、都庁の近くにある代書屋で働いていた妻の豊子と結婚することになりました。

もちろん、お金なんかありませんから、式は挙げず、ただ籍だけ入れて、共かせぎ。そのころの女房の苦労は、たいへんでしたよ。私は大のものぐさ、それに世話のやける亭主ですからね。朝から晩まで、ほんとうに働きづめでしたね。結婚前に、結核や腎臓を患い、病身の彼女が、結婚後は病気ひとつしなかったのは、あまりいそがしくてそんなひまがなかったんでしょう。

そのうち、世の中が少し落ち着くと、やはり別れている母といっしょに住みたくなり、小さな家を建てました。わずかですが、はじめての借金でした。

三十年に都庁をやめましたが、そのあいだも作品はずーっと発表をつづけ、たまには新国劇で上演されることもありました。

直木賞受賞の知らせがあったのは、［三十五年］七月十九日の午後でした。いままで五回も落ちていたし、別に期待していなかったので、ことさらうれしく感じられました。

父ですか？　父は十年前ごろからわが家に顔を見せるようになり、私たちも心から迎えてあげました。しかし、放浪生活が身についたのか、一週間もいるとまた出てゆき、しばらくするともどってくるといった状態でした。それが、去年の初冬《しょとう》、私が五度目も直木賞を逸した日の翌日、一人さびしく死んだという知らせがありました。その前にわが家へきたとき、私が九州へ行っていて会えなかったのが、いまだに心残りになっています。

（「私の苦闘時代」「主婦の友」一九六〇・十）

証券会社から、保健所、都税事務所へと移った十七年間のサラリーマン時代

ぼくのサラリーマン生活というのは、細かくいうと戦前、株屋の店員だった七年間と、戦後都庁に勤めた十年間で、都合十七年間になります。

小学校を出た十三の年（昭和十年）から茅場町《かやばちょう》の松島商店という証券会社に入ったというか、つまり奉公に出たんです。ここで七年間勤めたあと、兵隊に行きました。

戦争から帰ってみると、証券取引所は閉鎖されてしまっていて、元の会社に戻っても仕方がない、それで都庁に勤めることになったんです。

都庁には、終戦直後の二十一年から三十年まで、十年間勤めたけれども、ぼくは事務関係の仕事はきらいなので、現場の仕事ができる衛生局を選びました。

衛生局に籍を置きながら、出向というかたちで、下谷の保健所とか、台東保健所に詰めることになり、当時流行っていた伝染病など、いろんな病気の予防活動をするのがぼくの仕事でした。

医師の指示を受けて、学生アルバイトを使い予防注射をして回ったり、ＤＤＴ［殺虫剤］をまいて

歩いたりしたんです。戦後の混乱期で、病気はいろいろあるし、保健所の人手は足りないしで、今から思うとみんな一人で三人分くらいの仕事をしたものです。

保健所に数年勤めているうちに世の中もずいぶんきれいになったので、保健所への出向は終わり、今度は目黒の都税事務所に移りました。

ここでも、ぼくの仕事は事務ではなく、戸別訪問して都税を徴収する〝現場〟の仕事でした。ぼくだって税金を取りたてる仕事なんか好きじゃない。誰だって、実際税金なんか払わずに済めばいいと思っているからトラブルが起こりやすい。だけど、ぼくは一度もトラブルを起こさないで集め、なおかつ成績もいつも五番以内に入っていました。

もちろん、そのためにはいろいろ工夫もしました。たとえば、集める方にすれば、十万円なら十万円を一度に集めたいと思うのが普通だけれど、ぼくは、集めにくい家には何度も何度も足を運んで少しずつ集めるようにしたんです。そうすれば、商売している家なら日銭が入るので、一度に千円、二千円ずつというように楽に払って行けるんですよ。

本格的に小説を書き始めたのは、都庁に入って六年目からで、それまでは一年に一作、新国劇の戯曲を書いていました。でも、戯曲を書いていても都庁の仕事は絶対おろそかにしませんでした。だから、周囲から批判めいたことばは一切聞かなかったですよ。

仕事に自分自身を与えるべきだ

ぼくは、必ずしもサラリーマンは好きではありませんし、いつかは辞めて——という気持ちがありましたから、昇進試験も受けず、ずっと一番下のところで働いていました。

しかし、サラリーマンであれ、自由業であれ、自分がかかわっている仕事のために自分自身を投げ出すべきだ、いいかえれば仕事に自分を与えてしまうべきだというのがぼくの考え方です。反対に、仕事をどうするかということよりも、月給をもらうことばっかり考えているというのではどうしようもない。

むろん、興味のうすい仕事に全力を尽くすというのは難しい。しかし、工夫次第で仕事は面白くなるものです。ぼく自身、さほどやりたくない徴税の仕事をしているときなんか、なんとか気持ちよく徴税できるように工夫したし、けっこう愉快に働くこともでき成績も落ちませんでした。

仕事を工夫するというのは、いいかえれば自分を開発するということです。こう考えれば、どんな種類の仕事にしろ、仕事に自分を与えれば、長い眼でみて、必ず自分のこやしになるものなのです。

逆に、月給をもらうことしか頭にないようなサラリーマンでは、仕事から何も得られないだけではなく、次第に世間を狭くしてしまいます。ぼくだって、もし戯曲を書く片手間に都の仕事をしていたのなら、きっとひどく批判されていたはずです。

（談　「私のサラリーマン時代」「週刊就職情報」一九七八・二・二十五）

手製のパン焼器

わたしが苦労した時代といっても、戦後の混乱期ですから、みんながナベの底をつくような生活だったので、漬け物とミソ汁で食事をするのがあたりまえでしたよ。パン焼器などを木で作ったりしてね、仕掛ですか？　単純なものなんだけど、木のワクに鉄板を張りつけ、その下にコードを通すんでね、そのコードに電気を通せば鉄板に流しこんだ粉がふくらむというものですよ。それに野菜なんかに飢えていたね。

私はとくにむかしから紙を大切にしてきましたね。紙切れ一枚だってムダにはできなかった。いままでも、使った原稿用紙やコピーなどのウラを使ってメモ用紙にしています。よく編集者がきて「メモ用紙がないんですか」ってメモ用紙を置いていくんですが、別にケチってるわけじゃなくてウラが使えるんですから、捨てるのには抵抗があります。

都会で目にする使い捨ての生活ですが、あれは個人がどうのこうのという問題よりも、国とか自治体の体質にあると思う。都市の環境そのものが使い捨ての生活をさせているんです。

そういう意味では都市の使い捨てはひどい。高速道路がたくさん走っていますが、どうせ作るんなら一度に何台ものクルマが走れるようにしてもらいたい。
道路だって、掘っては埋め、なおしてはこわし、している。ムダだと思うんですよ。都電なんか廃止しちゃって、ますますクルマが増えて交通問題はふくれあがる一方だ。道路を広げるために廃止したが、それが裏目に出ている。歩くところが狭くなって、都心にはないでしょ、散歩するようなところは。

（「私の貧乏物語」「潮」一九七四・十二）

体操をつづけて痔の苦しみから救われる　私の闘病記

A

この春、封切られた「白と黒」〔橋本忍脚本、堀川弘通監督〕という映画は、なかなかに見ごたえのあった映画だが、主役を演ずる小林桂樹扮するところの検事が、事件の発生を、便所の中でよむ新聞紙上で知るシーンがある。

検事一家は、公団アパートに住んでいて、便所の外のせまいコオナアで、検事の子供が、

「パパ、早くゥ」

などと叫びながら、足ぶみをしつつ、便所の永いパパが出てくるのを待っていると、新聞をつかんだ検事氏が、上はワイシャツにネクタイをつけ、下は股《もも》ひきのままで出て来て、子供と入れかわり、食堂のテーブルにつくと、細君が、

「いいかげんに切っちゃったらどうなのよ」

などという。

このあたりで、検事が痔《じ》もちであることがわかるのだが、

「体ばかりデブデブしているくせに、手術が厭《いや》だなんて、ほんとに意気地がないんだから……」

というようなセリフを細君にあびせられつつ、検事氏は黙々と飯へかける卵をかきまわしはじめる。

このシーンは、まことにユニークであった。

日本映画のみか外国映画にも、こうしたシーンをかつて見たことはない。

ことに、私は〔痔病〕を持病《じびょう》として、そのつらさ苦しさをとことんまで味わいつくしているので、思わず、

「フウーム……」

と、うなり声をあげた。

右の隣りの席にいた女性が、何でこの男は、このようなシーンにうなり声なぞをあげるのだろうというような表情（暗くてよくわからなかったが）で、私の顔を見た。

左の隣りにいた女性——すなわち私の家内は、さすがに我身につまされたらしく、

「なるほどねえ……」

感嘆のつぶやきをもらしたものだ。

ラストシーンに近く、この検事は決意をし、ついに痔の手術をうけ、病院の一室に寝ている。

彼、近いうちに北海道は釧路という寒い町へ左遷されることにきまったので、東京にいるうち思い切ってやっとかないと、向うへ行ってから尚も尻の痛みに苦しまねばならぬと思ったのであろう

か……。

いや、そればかりではあるまい。

この際、何もかもさっぱりしてしまいたいという心理が〔失意〕にある彼に、手術の決断をさせたのかも知れない。

なぞと、見ていながら非常にたのしかった。

ちなみに、病床にある検事が、思わず尻の激痛にたえかねてうめくところがある。

見舞客がいるので、腕で顔をかくしてうめくのであるが、半分は泣声になっている。

まことに実感が出ている。

人が見ていなかったら、泣いてしまう。

ほんとうに涙が出てくる。たまったものではない。

私が、もっともこの痛みに泣いたのは、昭和三十三年の十二月であったかと思う。

B

ちょうどこの月は、明治座の新国劇で私の戯曲が上演されていたのだが、実は、この芝居の稽古の演出にあたっているときから痛みはじめてきたのだ。

(今までの痛みとは少し違う)

と、私は感じていた。

はじめて、痔が出たのは、それよりも四年ほど前で、私がまだ役所づとめをしているときだった。

はじめは何となく、患部がかゆいのである。

そのうちに、何となく尻が重くなってくる。

痛みはあまりないが、尻の上にもう一つ大きなコブが出来たように……つまり腫れてきたわけである。

そのときの仕事は外を歩く仕事が多かったのだが、あまり痛まないので、そして二、三日もすると腫れもひいてしまうので気にもかけなかった。

だが、このときは（すごく痛いな）と思った。

折しも十一月から十二月にかけて寒くなりはじめてきたので、痛みは加わるばかりになったが、稽古中でも我慢し通した。

（いずれ、痛みもひくだろう、いつものように……）

と思っていたからである。

手術をするなら、この段階においてやるべきであろう。

それなら完全に癒《なお》ることと思う。

生れてこの方、歯医者以外には医者というものにかかったことのない私は、こういうときにも、医者へ行く気になれない。

私の師である故長谷川伸先生が、いつか、

「人間というものは、どこか悪いところが一つあった方がいいよ。その方が却《かえ》って永生きするようにおもう。もっとも、よい仕事をするための永生きをしたいならだがね」

こんなことをいわれたことがある。

私の家内は、十六のときから七年も寝たっきりの大病をしたためか、医者へ行くことをすこしも面倒がらない。結婚後に腹膜《ふくまく》の大手術をやったとき、院長が私に、

「覚悟をして下さい」

といったが、当人はまったく死ぬ気なぞない。完全に癒るつもりでいて、ついにけらけらと癒ってしまった。病院というところへ入れれば病気は癒るものだと信じ込んでいるのも、かつて何度も死にかけたほどの難関を切りぬけてきているからだろう。

こういうわけで、私は家内のすすめにより、ついに十二月の芝居の初日が開いたら手術に踏み切ることにした。

そこへ、新国劇が来春早々の芝居を引きつづいてやってくれと言ってきた。好きな道ではあるし、また衣食の道でもある。仕事とあればやらずばなるまい、手術は、この仕事が終えてからということにした。

その仕事というのは、西南戦争をバックにして、桐野利秋《きりのとしあき》を主人公にしたものときまったので、私は、すぐさま鹿児島へ飛んだ。

十二月の鹿児島のあたたかさに、私は、びっくりしたものだ。

飛行機の中で痛みに痛んでいた尻が、鴨池の飛行場へついたとたんに、

(もう痛くないよ)

と言った。

五日間の鹿児島滞在中に、私は痛みをまったく忘れた。

資料あつめに、調査に、昼も夜もはたらきつづけてすこしも痛まない。この病気に歩行は禁物だ。歩く分量に比例して痛みも大きくなる。

それが痛まない。

南国から、またも寒い東京へ戻ってきても痛まない。

つづいて翌年の一月から、私は劇団と共に下阪し、常宿《じょうやど》のDホテルで芝居の執筆にかかったが、少しも痛まない。

これがいけなかった。

私はもう「可笑《おか》しくて――」手術なぞ決してやるまいと思ったのである。

このときの戯曲〔賊将〕は、二月の明治座で初演された。

これをNテレビが録画して、三月に放送することになり、その当日、私は十五分ほど解説をやることになった。

おそるべき痛みが再発したのは、この前夜であった。

この痛みこそ「白と黒」の検事そのままの、絶望的なものであって、私はついに、放送日に出られず、Nテレビに迷惑をかけてしまった。

家内は手術をすすめたが、私は、

(あいつをやってみよう。言われた通りに、ひとつやりぬいてみよう)

激痛にあえぎつつ――というのは少し大げさだといわれても仕方がない。痔の痛みというのは特殊なものなのである。

あいつというのは、前に知人から教わっていた〔体操〕のことなのである。

痛んでいる最中に、これを教わり、すぐにためしてみると、すーっと痛みがひいた。

「ややッ――痛まない」

びっくりして、私が叫ぶと、知人は、

「そうでしょう。だが一年間、毎日欠かさずにやらないとダメです」という。

こいつが、むずかしいのだ
一カ月つづいてもあとつづかぬと元通りになってしまうのである。

だが、こうなったら仕方がない。

手術が厭なら、やりぬくより仕方がないと私は思った。

手術というのも、うまく行けばよいが、私は完全に癒ったという人の手術の成果が数年後に再発している例をいくつも知っているし、それに、尻を切られるなぞというのは、誰だって厭にきまっている。

切ったあと、見も知らぬ看護婦なぞに患部のガーゼのつめかえなぞしていただくなんて、まだそのときは若かった私は、とてもとても、そのような恥をさらしたくなかった。こういう精神はいけない。

私も、こういう考え方を捨てようと今は思っている。

尻ならいいが、もっとひどい病気にかかったとき、こうした下らぬ気持に支配されて手おくれになっちまうことがあるにちがいないからだ。

C

さて、そのときは、まだ〔若い〕と思っていた私は、先ず痛みの去るのを待った。

何しろ体をうごかすどころではなかったからだ。

痛んでも胃腸に異常はないから、食べる。

食べれば自然、出る。

出そうになるので便所へ行く。

ところが出ない。中のものは出たがっているのだが、出るべき個所が傷つき腫れ上り、激痛をともなっているのだから、なかなかに出たがっているものを通してくれないのだ。

先ず、三十分はかかる。かかっても全部は出ない。そんなことをしたら傷口は裂け、出血おびただしく、私は便所の中で、ぶざまな格好を家のものに、またもや見せなくてはならない。

それまでに、私は二度も出血のため貧血をおこし、ぶっ倒れている。

一度は便所の中でだ。

もう一度は、階段を上ろうとして中程からころげ落ちた。

このときは、母と家内が声をそろえて歓声をあげた。笑ったのである。

いつもワンマンにさせていただいている、そのうらみか何か知らぬが、母と家内は「落ちた落ちた」と、よろこびの声を共にあげたのである。

まあ、いい。もうすんだことだ。

とにかく、出るものが出ない苦しみ、便壺の中へ出たがっている余計なものを、肛門の腫れと痛みが通せんぼしているその苦しみは、大の男の五体をよじらせる。悲鳴をさえあげさせる。痛みに加えての、それよりももっと複雑な苦しみ……自然があたえてくれた生理のいとなみに心ならずもさからわなくてはならぬこの苦しみこそ、人間最大の苦しみではないか……。

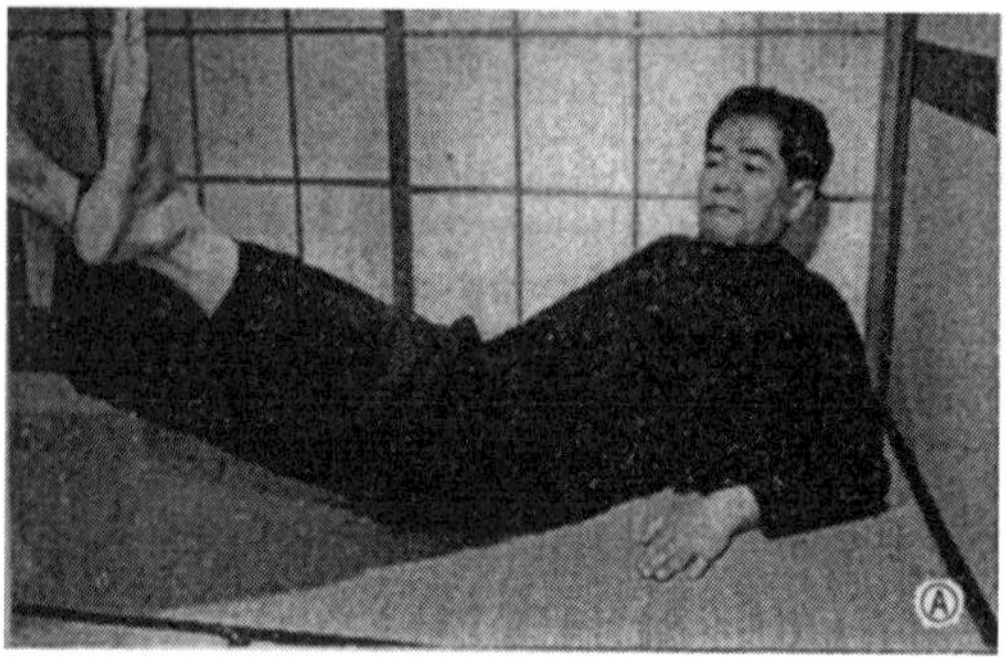

足はしびれ、涙はあふれ、この苦しみをおのれのものとはしてくれぬ家人たちへの怒りが全身を怒張《どちょう》させる。その興奮は、さらに痛みを二倍にも三倍にもする。

私は、とにかく一ヵ月後、痛みがうすらぎ、足がもち上るようになってから〔体操〕にとりかかった。

次に、その体操の要領をのべる。

一、両足を投げ出し、すわる。

二、両ヒジをタタミにつけ、上体をささえる。しかるのちに両足をまっすぐにのばし、高く上げる。上体をふらふらさせてはいけない。

三、上げた両足をぴいんとひらく。（写真Ⓐ）

四、ひらいたままの足の片方の指先（とくに親指）に力をこめ、

片方の足の土フマズを強く叩く。(写真Ⓑ)
このとき両足を曲げず、左右から中央へもってきて叩き合せることがコツだ。
この叩きを左右交互にくり返す。ひらいては叩き、叩いてはまた両足を、のばしたままひらく。しまいには両足の土フマズが赤く腫れ上ってしまう。

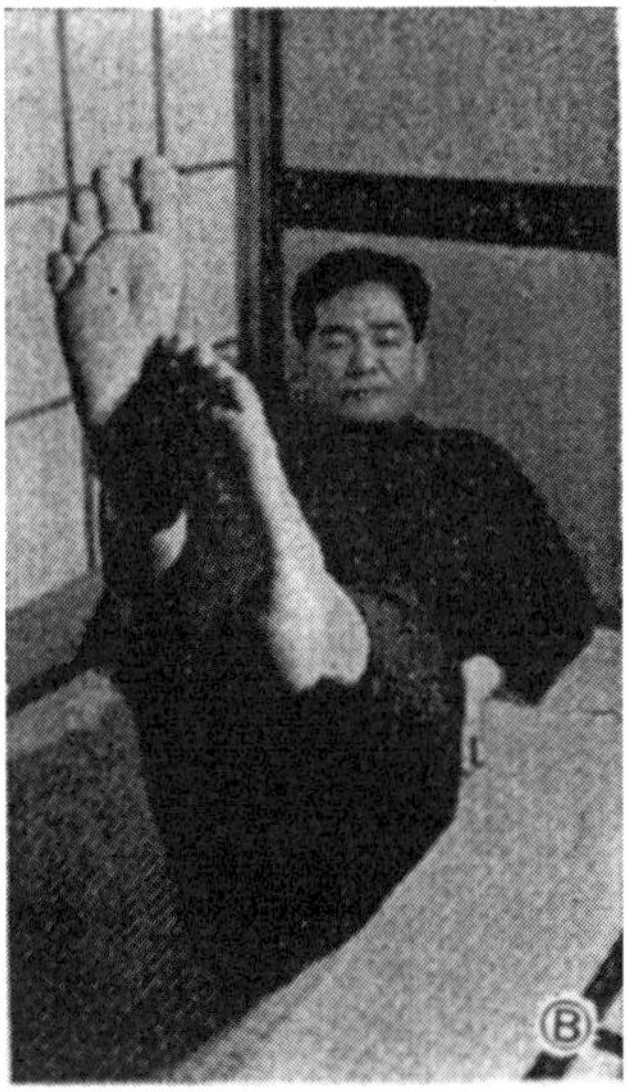

五、はじめは疲れてやりにくいが、一日に百回まではやり、少しずつ回数をふやす。馴れると三百回は苦もなく出来る。
六、これを一年間たゆみなく、一日も休まずにつづける。

私は、ついにやった。

やりぬいたら、ついにあのおそるべき痛みは消えた。

この体操は、誰が発明したか知れぬが、つまり肛門周辺の筋肉の血行をよくし、しかも筋肉をひきしめ、良き状態にこれを発達せしめるのではないか。

三十四年の六月からはじめたが、この年の冬が来ても少しも痛まない。

「これでやめたらいけないぞ」

というわけで、旅へ出ても、どこへ行っても必ずやった。

馴れてきて一度に四百回もやれるようになったが、毎日必ずやるというのは、まことにめんどうなものである。

もう〔意地づく〕でやるより仕方があるまい。

私の場合、家内がそばに見ていて、にやにやと笑ったり、母が「いつまでつづくことやらねぇ」とつぶやいたりするので「くそ!!」と思った。

(今にみていろ)

である。

そうだ、これが必要なのだ。(今にみていろ)と痛みに向けて叫ぶ気持を忘れぬことが必要なのだ。

かくて冬を越して三十五年七月まで、一年有余の間、涙ぐましき孤軍奮闘をつづけた。

その年も痛まなかった。

次の年も、そして去年も、今年もである。

もっとも全然痛まなかったわけではなく、ときどき軽い痛みと出血があったが、そのたびに一カ月くらいずつ〔体操〕をやったものだ。

一昨年(昭和三十六年)の十二月以来、私は、もう体操を忘れている。

冬になると仕事がすすまず、じいっとコタツの中にちぢこまっていたのが、一昨年からは冬も平気になった。

今年は例年にくらべて寒かったが、少しも痛まない。

冬の旅行は大の禁物だったが、去年からは、どんどん出かける。

私は、この体操にとりかかっている最中、飲食について充分の注意をはらった。

いくら体操をやっていても、酒をのみすぎたりしたら利き目はあるまいと思ったからだ。

酒の量が大分へったが、やめたわけではない。

しかも、この体操は非常に股の力を強める。

歩くことが平気になる。

老化防止にもなろうし、美容体操にもなろう。

この痔の病いなるもの、案外、御婦人に多いときく。

私のごとき、あらくれ男さえ、看護婦さんにさわられるのが恥かしいとさえ思ったのだから、まして女性が……。

というわけで、医者にも見せにくい、かかりにくいということらしい。

そういう方には、ぜひ、おすすめしたい。

根気と「今に見ていろ」という精神さえあれば、一円の金もかからぬのである。

しかも、私は、この体操をやってから、めきめきと胃腸の工合がよろしくなった。

「どこか一つ、悪いところがあった方が、却っていいんだね」

といわれた師の言葉には、かなり複雑な意味もこめられているのだが、この言葉の意味を、今の私は、おぼろげながらわかりかけているように思う。

痔が癒り、痛みが去った現在、私の酒量がまた上ってきた。

胃の工合も前よりはよくない。

むずかしいものですなあ、人間というものは……。

言い忘れたが、体操はいつでもいい。しかし、寝る前がもっとも効果的である。

何度やってもいい。

体操による疲労が安眠をさそう。

これがまた健康によいのだ。

不眠症と痔病の二つを合せもっておられる人にとって、この体操は絶対的なものであろうと愚考する。

冬、この体操をやってふとんへ入ったとき、尻のあたりへ湯タンポをしのばせると尚よろしい。

効目《ききめ》が倍加するからだ。

こういうわけで、とにかく、今の私は、どこか一つ、痛いところ悪いところを見つけようと思うのだが、無い。

強いていえば、友人から老眼を指摘され、ガクゼンとして老眼鏡を買い求めたことであろう。

ところが、またこれがたのしい。

老眼鏡をかけるようになってから、読書力が倍加した。これはたのしいことだ。

いま、私は四十だが、これから年をとるにしたがい、悲しみと同時に、いろいろなたのしみもふえてきそうな気がしている。

この手記をおよみになる方は、私の痔病が、果して痔ロウなのか裂痔《さけじ》なのか切れ痔なのか、イボ痔なのか、おわかりになるまいと思う。

私にもわからない。

何しろ医者に見せたことがないのだから、わからない。

しかし、激痛、出血の度合いは、すでにのべたごとくである。

便所で貧血をおこしたときには意識不明にさえなったものだ。

それが、完全に今は癒っている。

体操のおかげ以外の何ものでもあるまい。


それにしてもだ。

冬のおとずれを尻の痛みに感ずることのなつかしさよ。

晩秋から冬に入るにつれ、痛みは少しずつその強さを増し、正月がすぎるころから次第に猛威をふるい出す。

そして春が来て、我家の庭の柿の木が鮮烈なる若葉に粧《よそお》いはじめるころになると、痛みもらくになってくる。

痔病……私の痔病には季節感があった。

そして、命にかかわることのない体の痛みをじっとこらえているのも自虐的な快味がある……なぞといっているのは、この病気の初期のころのことだが……。


（「主婦の友」一九六三・十二）

締め切りさえ守っていれば

健康法はなんといっても、原稿の締め切りを守るということだ。ぼくの場合、小さな仕事は三ヵ月単位で、大きな仕事は二、三年単位でやっているんだけど、それを早目早目に段取りを決めて、やるようにしている。締め切りに追われたら、ストレスがたまってどうしようもないから。だから、旅行に出るときでも、あらかじめ、帰ったあとに二週間ぐらいの余裕を見ていく。そうはいっても、なかなかためないわけにはいかないけど、なるべく早目早目に処理していくということだ。これが健康保持につながっていると思う。

運動の類としては、映画の試写会に出かけていくこと。映画も好きなんだけど、帰りはタクシーに乗るとしても、行きは地下鉄を利用するのでブラブラ歩くことができる。

約束や予定におわれて、イライラ、ハラハラする、そんな時間を極力へらすことが私の健康法だ。

（「私のパワーアップ健康法　心と体こうしてリフレッシュ」「現代」一九八五・三）

男の常識をたくわえるということは、結局、自分の得になるんだ

結局、いちばんの根本は、

〔人間は死に向かって進んでいる〕

ってことなんですよ。この簡明な事実を、できるだけ若いときから胆《きも》に銘じておくことが大事で、そのあいだの時間をどう使うかが、男の生き方の問題になってくる。でも、若い人には、なかなかそこのところがわからない。自分が死ぬことを考えるといってもピンとこないからねえ。

核家族化が進んで死が身近でなくなったということがありますね。自分の家から死人が出なくなった。

いや、死を考えるといっても、思いつめて考えなくてもいいんだよ。なにかにつけて、ね、フッと思えばいいんですよ。漠然と考えるだけで違ってくるわけです。時間のつかい方、仕事の面でも違ってきますよ。自分の死を考えると、当然他人の死のことも考えるでしょう。すると、他人に対する思いやりも出てくるし、感謝の気持もわいてくるわけです。みんな、自分ひとりで生きている

わけではないんだから、心と心の結びつきが大切になってくるんですよ。

ぼくの場合、戦争があったからね。十八、九で「死」を考えなきゃならなかったわけだ。むろん、ぼくだけじゃなくて、当時の若者はだれしも「死」に直面したんですよ。一応生と死が五分五分ですよ。で、ぼくはぶじに還ってこれたわけです。敗戦のとき？　二十三歳ですよ。それ以来ぼくは我欲がなくなった。いま、こうして何か書けて、食っていけるのは、むしろ、我欲がなかったからこそですよ。ぼくは十三歳のときから世の中に出てるでしょう。そのころから知ってる人のなりゆきってものをみるとね、これが、我欲の強い人ほど不幸になってるんだよ。全部そうなんだ。だけど、我欲は、もって生まれたものではないんだ。一生のうち、我欲が出てきちゃうときがあるんだよ。「どうしてあの人が……」というようなことがあるだろう？　人間、衰運に入ったときほど欲が出てくる。でも、それは、許してやんなきゃいけないんです。これは、気学を知るようになってわかったんだけどね。

人間の世の中ってのは面倒なものだからね、一つがよくなれば、一つが悪くなるんだよ。そういうふうにできてるんです。民主主義、個人主義がひろまったのは結構なんだけど、個人個人が好き勝手なことをやってきたから相談する相手もいない。わかっているのは当人だけ、というのがいまの風潮なんだね。じつに味気ない世の中になってきた。

日本人てのは、古いってだけで捨てちゃってしまう一面があるんですよ。だから、若い人が古いものを見る機会がなくなっちゃってるんだね。

映画の話をしようか。

ぼくのこどもの頃の役者で、アメリカにジョン・バリモア［一八八二〜一九四二］という人がいたんですよ。その人の伝記が出てアメリカでベストセラーになったということは、アメリカの若い人がバリモアの映画を、いま見てるからなんですよ。ヨーロッパだってそうです。だけど、日本はなかなかそういうわけにはいかないんですね。

むかしの日本の映画を見れば、日本人のくらしがどんなものであったかがわかるわけですよ。例えば人情モノを見るとするね。一人の女がこどもを抱えて生活している。で、兄の家を何かのことで訪ねる。そのとき、兄《あに》さんがつかってる職人にまでちょっとしたおみやげを持っていくんです。それは、無意識のうちに、かれら職人がいるから兄さんが商売繁昌してるって思いがあるからですよ。それがごく当り前のことになってるわけです。常識なんだ。いまは、兄のつかっている職人にまで気をつかうことない、となるんだろう？

だから、チップの時代だったんですよ。いまは、サービス料というのが勘定に入ってるんだからあらためてチップをやる必要はないじゃないか、という世の中になってる。それは理屈なんだな。だけどね、感謝の気持というのは、言葉だけで「ありがとう」と言ってもだめ、まあ、全くだめということはないけれども、やっぱりかたちに出さなきゃわからないんだよ。そのかたちがチップということなんです。

たとえばタクシーに乗ったとき、一応運転手に生命をゆだねるわけだから、ぶじに着いたときに、五百円のところを六百円払って、「どうもご苦労さん。これ、結構です」と百円チップをやることによって、やったほうも、もらったほうも気分がよくなりますよ。

みんながこういうふうに心がけていけば、一人がたとえ百円であっても、少しずつ少しずつ拡がって、世の中にもたらすものは大きいですよ。そのことを考えて実行するのが、

〔男をみがく〕

ということなんです。男をみがくというとすぐ幡随院長兵衛《ばんずいいんちょうべえ》〔一六二二?―五七?〕で、侠客で、とおおげさに考える人がいるけど、日常の生活のなかでみがけるわけですよ。言ってみれば、自分のまわりのすべてのものが、仕事が、金が、時間が、家庭が、女が、みんな自分をみがくための「みがき砂」なんだ。

だから、いま、若い独身の男にすすめるんだけど、試みに一年間、チップの習慣を続けてみたらどうだろう。それも直接見かえりのないところで。タクシー代が九百十円だとすると千円出して、おつりはチップとしてわたす。

納得ずくでやることだから、惜しくはないし、第一気分がちがいますよ。余裕《ゆとり》が出てきます。すると顔つきが全然変わってくる。その人の発散するもの、雰囲気が変わって、それは外部からも歴然とわかるから、たとえば、いままで見向きもしなかった女が、向こうから寄ってくるかもしれない。

そうやって男をみがく、男の常識を蓄えていくと、自分に戻ってくるんですよ。功利的な意味ではなくて、結局、自分が得するんだよ。それは、むかしもいまもかわらないことですね。

（「ドリブ生インタビュー」「DoLiVe」一九八三・四）

人生の滋味を堪能したいきみに

ハードボイルドにはギムレットがつきもの。

キリキリに冷えたジンと青いライムを半分ずつ。ほかに何も混ぜない。汗をかいたグラスにぶちあけ、ふたくち、みくちで呑み乾してしまう。

日本の時代小説も、武士が町人が忍者が奔放に活躍し、肉体と肉体が息づき、男が男であったときの香りに満ちている。

池波正太郎さんも、またギムレットを愛するひとりである。

「今の若いひとはカクテルをあまり飲まないね。マティニー。ギムレット。夕食の前に酒場——女のいない酒場だよ——に寄り、ツツーと飲む。それからメシを食い、サッサと帰る。これがいいんだよ。ぼくらの若いときは、みんなこうだった」

ホテルのバーですか。

「そう。いうなら銀座のクールやサンスーシなんかいいんじゃないの。ベニヤの天井からシャンデリアをつってるようなスナックにいっちゃ、男は駄目。5000円札1枚でいい。ひとりで一流の酒場の扉を押す。隅っこに座り、バーテンさんに訊くんだ。これこれ、こういうのを飲みたいんだと。カクテルなら2杯で4000円ほど。これで〈一流〉が体験できるんだね」

池波さんは、つまらないところに毎日いくより、昼めし代を300円10日間節約して金をプール。浮いた分で本当にいい鮨屋・料理屋・レストランにいけばいいと言う。若いときから、いい店をひとつずつ覚えておくことが大切なんだと。

カネは自分を広げるためにある。

「金も女も食事も〈男の磨き砂〉として役に立たないものはないね。〈人はやがて死ぬ〉。その気持を忘れずにいるか、いないか、何も覚えないうちに自分の時間は過ぎてしまうからね。

若いときの金は浪費したほうがいい。貯金通帳なんか、なくていい」

池波さんはコワイひとである。新婚そうそう、出された夕餉《ゆうげ》のお膳を〈こんなモノ、食えるか〉と足でひっくりかえし、歌舞伎座ではオシャベリをやめない中年婦人めがけて紙つぶてを的中させる名人である。

「……そうしないと自分の思うように生きていけないじゃないか。

若者が遊ぶのは結構だよ。でも将来おのれの身につく遊びをしないと。同じ遊びでもだよ。

ぼくに言わせると、くだらない最たるものが麻雀。ダラダラと時間は食うし一回で終わらないし、いろいろとギャンブルもやったけど、これほど何も残らない遊びはないね。

麻雀やって、ディスコで踊り狂って、女のコをアパートに連れこみ、好き勝手やってる奴と、例えば映画や読書にうちこんでいる連中とでは20歳代のうちに必ず大きな差がつく。手おくれになっちゃいけない。片方は落伍し、一方はのしていく」

といっても株屋の小僧時代、親友と吉原ちかくに部屋を借り、娼妓《しょうぎ》せん子さんとなじみになった。そして出征のときには、お母さんがせん子さんをたずね、〈正太郎がながながお世話になりました〉と礼をいった。

「時代がちがうんだ。ぼくのときは大工も左官も自由になる小遣いがあった。余裕のある時代だったんだ。

浅草に遊びにいく小学生のぼくに（大きくなったら祝儀袋を持ちなさい）と周りの大人が教えてくれた」

ホラ見てごらん、とサイフには赤や緑に縁《ふち》どられた純白の紙片が4枚。

「たとえ少しでも自分が自由になる金をもって、いいモノに接していると顔つきが変わってくる。女にモテるようになる」

吉原があったから恋愛は苦手。したことがないと、はにかむ時代小説の第一人者は「！」をつけたくなる口調でそう言った。

（インタビュー 「平凡パンチ」 一九八四・一・三十）

おしゃれは、まず自分を知ってから　私の一流品考

外国の一流品といわれるもののなかには、日本のものではかなわないものもありますね。もちろん、ブランドや評判にとらわれるつもりは全然ないんだが、どうしようもなく違うものがあります。「もの」だけじゃなく、お客の気に入るように、徹底的に尽くす「店」とか「精神」も、ヨーロッパのほうが、残しているかも知れません。

いまの日本は、古いよいものをなくす名人になってしまったから、違いが出るとすれば、こんなところに原因があるんじゃないかな。

私が初めてパリに行った時、パリの株式取引所を見学したことがあります。その近くに靴屋があって、ふらっと入ったんです。合う靴が見つかって、これでいいといったら、店のオバサン（太った人で、店はイタリアの出店でした）は、「ちょっと待って。歩いてみなさい」と命令する。できあいだが、サイズがきめ細かく何種類もあって、何回も何回もとりかえて、歩かせて、ピッタリのものをすすめてくれました。

それが気に入って、帰国寸前にもう一足買って、その次にフランス旅行したときも、また買いました。

そういう店、精神が日本ではなくなってきています。

とくに男ものの店がよくない。昔よく行った銀座の洋品店でも、のぞいてみると、ネクタイの幅は広すぎるし、柄が派手すぎる。そんなのしかないんだから、中年以上のお客はまいりますよ。横浜の「ポピー」なんか、そこへいくとネクタイでもシャツでも自分でつくっているから、昔からのタイプも揃えています。

男の和服でも、何十万円の紬《つむぎ》かなにかを、店員におだてられて、買うのはいいんだが、それに、帯や紐もレベルを合わせなきゃまずい。

ところが、たとえば、羽織の紐にしても、デパートにぶら下がっているものを買ってしまう。というより、よい品物を置いてない場合が多いし、ひどいときは店員に知識さえない。

身のまわりで、私が愛用しているものをあげてみましょうか。

ダンヒルのライター、パイプ。

これは金ピカじゃなく、20年以上もこわれない。パイプも吸いやすいので満足してます。パイプはデンマーク製などでもっと高いのもありますが、高いからいいってもんじゃない。

時計は日本のものがいいです。

性能は非常にいいね。ただし、おしゃれな人にはデザインが気に入らないかな。どこかちがうのね。

万年筆は40～50本あるでしょう。

よく使うのは、日本のプラチナ、ドイツのモンブラン。ただし、私はカートリッジは苦手で、インクつぼにつけて書くんですよ。

これは私だけの意見じゃないが、ひところは万年筆の代名詞のようにいわれたパーカーやシェーファーは、うまくないですね。日本字をたくさん書くようにつくられていない。その点、モンブランはドイツ人がつくっているせいか、頑丈で酷使にたえる。

去年、スペインに旅行した時、革製品で知られるロエベの店をのぞいたんですが、ここにはさすがにいいものがたくさんあって、いろんなものを買いました。

私は、もともと外国で買いものをするほうじゃないし、おみやげをもち帰るタイプでもないんですが、この時は家内にハンドバッグを買ったし、自分用にもバッグなどを買いましたよ。

おもしろいことに、ロエベの創立者はドイツ人です［一八七六年、マドリッドで創業］。

ドイツ人でありながら、革製品の素材があるスペインにやってきて、腰をおちつけた。製品にもドイツの職人気質が生きているような感じで、無駄な装飾は省いてある。実用品といいきるほどではないが、使いよさは実用的といってもいい。デザインもよく、日本人に合う。

私は自分自身をおしゃれと思ったことはありません。

しかし、もう60歳ちかくになりましたし、じいさんのきたないのはイヤだから、少しは身だしなみに気をつけたいと思っているだけのことです。

鏡の前で素裸になって写してみれば、自分には、どんなものが似合うか、それがわかるはずなんだ。それがおしゃれのポイントですよ。が、自分で自分のことはよくわからない。だからまちがいが起きるんです。

そもそも服は、からだの欠点をおぎなって着るもので、だいたい日本人の肌や顔、体格には、黒、茶、紺、グレーぐらいしか似合わないものなんですよ。

（談『男の一流品大図鑑 '81年版』講談社 一九八〇・十一）

亭主関白の愛情作法

ウーン。ほかのひとからみると〔関白〕だと、思われるでしょうけどね、だけど、あたしからいわせると、決して、関白、マ、無理なことで怒るわけじゃないからねえ。

エー、だいたい悪いのは女が悪いんですからね、ウチの場合はね。ウン。

もう、しかし、いまはね。20年も経てば、モ、楽になりますからね。

夫婦喧嘩、ですか？

つまらないこと、でね。そう、年に1回か、2回ですね。もう、昔は、毎日……3日に1回ですよね。やっぱり仕事に関係していることで、こっちの仕事が、のみこめないうちは、マ、あるわけですよね、いろいろと。

ええ、ぶ<ruby>ち</ruby>ます。ぶちました。

ぶたないと、わからないですよ。女はね。

いまの女は、（皮肉っぽく）いまの賢明な女性はね、ぶたなくても判るでしょうけれども、昔の女はね、アノ、家内は、あたしよか、トシが、1ツか2ツ上ですからね、昔風の女ですからね。

あたしが、ぶたれたこと？　ですか。エー、それは、2〜3回ありますわな。ええ。

えこひいきは禁物

そのかわり、マ、いまどんなに忙しくても、連れて行きますからね、旅行へは、ね。

1年に1回は、絶対に連れて行きます。これは、結婚してから、ずーと。いま、昔のように3日や4日も行けないけれど、たった1日でも、カネのあるときは、あるように、無いときは、ないように、ね。ある、ときは大名旅行で、無いときは、マーね。ホンのちょっと、ということで――。

そう。そーでなきゃ、やっぱり日頃、〔我がまま〕はいえない。ぼくも。

美味いもん食わせろ、食わせろ、たって、どこも連れて行かないで、そういうのは、こりゃ無理なハナシで、だから、ずいぶんウチは行ってますよ、方々に。

◇

「――母と家内のどちらへも一分の〔えこひいき〕があってはならない。家内を叱りつけた翌日は、むりにも母を叱る。母に注意をあたえたときには、むりにも家内に注意をする。

同時に、母につかえるのと同様、家内の母へもつかえなくてはならぬ。私の母を連れて旅行するとき、かならず家内の母も同行した。――」


（『食卓の情景』より「巣と食」）

◇

だから、家内の母てえのは、ウチの母よりか、年上ですけどね、これは、いまに躰《からだ》が動けなくなると思ってね、そいで、ウチの母と一緒に、7～8年一緒に連れて行きました。東京の人だからね、どこも……京都も知らない。動けるうち、にと思ってね。かならず連れて行きました。

――だから〔我がまま〕というか、ぼくが思うようにしてもらうためには、家内の母だとか、姉妹にもね、絶えず気を配ってやる、ということですね。

そういうようにしなきゃ、ね。また自分の仕事がやりにくくなってくる。とくに時代小説の場合はね……。そりゃ、そのためにしているわけじゃないけどね、え。

それから、ぼくが一番大事だと思うのは、マ、その……一応、ホラ、ぼくの名前なんか、大きく新聞に出るでしょ、これは商売上のことだけれども、かなり出るときがあるわね。アト、TVに出たりね。そしたら、やっぱり、ちょっとね、自分までも、なんか〔有名人〕になったような気になる――のが、いけないわけですよ。ウチのは、そういうことはありませんけどね。そういうところ、気をつけないと、亭主が笑いものになるからねえ。

だから、ウチの家内なんて、指輪ひとつ持っていないですよ。ただ、母から貰った真珠の指輪、あるけど、そりゃマ、冠婚葬祭のときにして行くけど、ね。

はじめが肝心

結婚した、その晩にね、あたしは、お膳、ひっくりかえした。マズイもん出されたんでね。結婚して、その晩にやりました。

そうしなきゃ、ダメ。

はじめはね、家内、ご飯と味そ汁くらいはできたけど、アトは、ね。で、はじめ、いきなりやらなきゃ、ダメですよ。

なんにも高いモン、食べたいというんじゃないですよ。毎日、ウチに居るときがあるから、ちょっと目先が変らないと、食欲も出ませんし、ね。

で、料理学校に行かせましたがね。

それも、ソノ、フランス料理が、どうの、こうのっていうんじゃなくて、田村魚菜《ぎょさい》のところへね。いまは知らないが、当時、非常に、あすこは、よかったですよ。

ごく、ね、お惣菜のことを教えますからね。

教えたら――行った日から違うからねえ。おそろしいもんだなア、と思ったな。で、方々へ連れて行くうちに、だんだん、うまくなった。

だから「ハンバーグ・ステーキ」だなんて、こないだ、箱根いってね、マ、ある有名なホテルで、昼メシ、そこで食べたんだけど、そのホテル、昔、美味かったんですよ。戦前は、ね。ところが、グリルでね、ハンバーグ・ステーキなら無難だろうって、食べたんだけど、もうダメ。ヘンな話、ウチの家内の方が、ずっと美味いですね、ええ。

ハンバーグ、なんてね、あんなもん、誰だって、ある程度できなきゃしょうがないでしょ。

尻に敷かれないコツ

ぼくの仕事に関しては、これは、ウチの者は、いっさい口を出さない。

何も言わない。原稿は、ね、締切りになったら、できてるんだから、その点は、ラクですよ。ね、お断わり、だとか、まだ出来ていません、とか……よそじゃ大変らしいけど、ウチじゃ、いっさい、そういうことはない。

——子供は、ないんです。

そう、ね。女のコがいたら……持ったことないから、わからないけどねえ、やっぱり、あたしが、家内をシツケたように、シツケるでしょうねエ。

いま、機械があんまり発達しすぎちゃって、ヘンな話だけど、いまどんな人でもね、おそらく戦前にくらべると、大ブルジョワーの生活ですよ。ね、そうでしょ。

冷蔵庫があって、テレビがあって、電気洗たく機があるでしょ、ね。それで、いま〔機械〕のおかげでベンリになったのは結構なんだけど、手先とかカラダを動かさないと、どうしても〔頭脳〕が退化するのね。そう、女も男も。ウン。

だから、ウチなんか、あれですよ、電気掃除機とか、電気洗たく機、買ったの、つい7年くらいまえじゃなかったかな、それまでは、洗たくも、手でやっていましたよ。

マ、トシとったらね、さすがにくたびれるってんで、入れましたけどね。

で、たとえばね、
ご飯に火をかけとく、かけながら、洗たくをするってことでしょ、洗たくしながら、ご飯の火かげんを見る——、そういう風に、家事の働きっていうのは、アタマが千差万別に働くわけですよ。
そういうところが、いま無くなっているから。
だから、ごらんなさい、デパートの女の子の、包装をする、あの手つきのタドタドしさ、ね。長い時間をかけて、汚く包むでしょ。あれは、みんなアタマが退化してる。研究すりゃ、3日でウマクなるんです。

◇

「——〔もめごと〕は、先ず台所からはじまる。

飯のたき加減、味噌汁の味、漬物のつけ方などから、姑《しゅうとめ》と嫁のいさかいが起る。

『おれは自分ひとりで飯を食べる。それはお前（家内）がつくれ。お前とあんた（母）が食べるものは、あんたがつくって、おれの飯がすんでから二人が食べるのだ』

と、私はいった。

二人は服従した。

この習慣が、いまもなお、つづいているのである。——」


（『食卓の情景』より「巣と食」）

◇

ぼくなんか、他人《ひと》と話してみると、

結婚して、15年ぶりに外へね、女房と2人で出かけたとかサ、10年ぶりに旅行へ行ったとか……

そういうのは、あたしゃ、わかンないですねェ。

だから〔我がまま〕がいえる。

と、さア、これは、いい〔形〕かどうか、向こうじゃ不満があると思いますよ。

あとで、訊いてごらんなさい。家内、何ていうか――。

母のまえで、家内を叱ったときは、かならず、もうムリしても、家内のまえで、母を叱らなきゃいけないですね。

〔片手落ち〕になるから、ね。

で、家内を叱ったときには、母にもね、ガラスのコップ、パーッと、なげますよね。ウン。当らないように、ね。ハ、ハハ。

と、翌日、2人あやまりに来る。共同責任にさせるから、ね。

そりゃ、ウチの母も気が強い。家内も強いからね。なまじのことじゃ御してゆけない。

そのうえをいかなきゃ。

ドナリつけますよ、母にだって。

女をなぐるのは、男らしくないっていうけど、ぼくはね、そんなこといってるやつは、みんな、やられちゃいますよ。尻に敷かれて、ね、ヘンな話。

そりゃ、なぐって……ただ、なぐって、えばっているだけじゃ……なぐったり、叱ったりすりゃ、かならず、その2～3日経ってから、しかるべきことをしますから、ね。何か買ってやったり。

だから、マ、家内が、そういうこと気にしないタチだから、マ、そりゃ、年中シンコクに考えるようなヒトだったら、そんなことはしなかったでしょうね。また、べつなやり方で、やるでしょうけども。

だから、家内の実家のことなんか、絶えず気をつけてやってる。

そういうことが、わかるんじゃないですか、家内に。

おこるほうも大変

マ、ぼくの商売、家族の協力がないと、なりたたないですからね。一種の〔接客業〕だからね。え、〔待合〕やってるようなもんだから……イヤ、形がなんとしても、人間生活の形態としてはそうですよ。
芸術家でございます。だなンて、その〔芸術〕をカネに代えている以上は、コレ、商売だからね。

ウン。家内たちが、そっくり返ってたンじゃ、なりたたないですよ。

そう、だいたい、東京の下町の女は、気が強いですよ。

だから、上方の女のように、あくまでも亭主につかえてっていうのはね、無いね。

亭主がだらしなきゃ、ドンドン出てきちゃう。ね、ウチの母みたいに――。

ア、こんな男と一緒にいたんじゃ、どうしょうもないってんで。
薄情、だっていうよりも、イヤになっちゃうんだなア。

上方の女は、だらしのない男を、必死に立ちなおらせようとするわけだ。

——ちょっと、家内を呼びましょうか。

どうかな、女は、また女で不満があるんじゃないですか。訊いてごらんなさい。

「おーい、おーい！」

ウチの家内も東京ですからね。本郷の方の。3人娘の、真ン中でね、いちばんエバッて、わがままで、ね。

——いま、俺に不満があるかどうかってね、訊いてるンだよ。

(豊子夫人)「あたしですか？　なんにも話すことないんですよ」

——だからサ、不満があるかどうか……と、きいてるんだ。

(豊子夫人)「(わらいながら) いえ、もう、あきらめていますから……。こわいだけ」

——こわいだけでもないだろう。

(豊子夫人)「そうですね。ともかくも、ちょっと、こわいですよ。おこるときはね……だから、いうことを聞いちゃうんですよ。2度とおこられたくないから、と思ってね」

——いや、このひとだけじゃなくて、母だって、こわがっていますよ。

それだから、いいんじゃないかな。だって、2人で私を共同の敵にすることができるから、ね。

でもね、おこっても、おんなしことヘマするから、おこるんで、ハハハ。

おこるほうも、そりゃ大変ですよ、あなた。好きでおこってるんじゃないもの。ウン。なんとか人なみにしょうと思って、おこるんだから、ハハ、ハ。

◇

「——年寄りはよい。

私の生活に、年寄りは欠くべからざるものだ。

だから老母に対しても、これをたいせつにして、老後をゆっくり休ませるなどということはしない。

この正月、元旦の朝にも、母と家人を前に、

『おれも年をとって何かと躰がきかなくなったし、これからは年寄り三人がちからを合わせて行かないと共倒れになる。あんた（母）も、もう七十だからといって、気をゆるめてもらっちゃあ困るぜ。しっかりはたらいてくれなくては、おれが困る』

こういうと老母は、むしろうれしげに、

『死ぬまでやるよ』

と、いった。

外へ使いでも何でも、私は老母をどしどし使う。それをまた母はよろこぶかのようだ。

『そのかわりには、おれもうんとはたらき、お前たちに、せいぜい、うまいものを食べさせるつもりだ』——」

（『食卓の情景』より「旅の食べもの」）

◇

あたし、ですか？　イヤ、黙ってるってことはないなア。

それに、仕事に〔行き詰まった〕ところは、見せませんね。家族には、ぜったいに。

だから、そういうことで、ジリジリして、かんしゃくをたてるとか、そういうことは、ほとんどない。

そういう点は、ウチに訊いたらいいと思うんですよ、ね。

そりゃ、もう、よくしゃべるからなア。

そのかわり、腹にあるイヤなことは、すぐ出してね。叱りますけどね。

ウーン。ウチへ帰って、無口だってことはないな、俺は――。

（豊子夫人）「そうですね。お酒を呑むと、よくお話しますけどね」

あたしの子供の時分ね、母は、もう、きびしいっていうか、すごいですよ。

けっとばされましたよ。ええ、母に。

（豊子夫人）「お母さんは、そんなこと、おぼえてないって……」

ハハ、ハ。イヤ、もう罵倒するしね。

全甲なんかとったって、ほめませんよ［当時の成績評価は上から甲、乙、丙、丁］。
マ、そういう点、ありがたいと思っている。こちら、慢心しないから。
あのね、東京の女のひとって、そうなんだ。

級長になってもね、全甲になってもね、ア、もう、なーんにも知らんぷりですよ。
そのかわり、悪くなっても、〈乙〉が5ツぐらいついても、何もいわないし、ね。
まかせっきりなんだから、先生に。父兄会なんか、いまのように行かないですよ。
だから、マ、母も働けたんでしょうね。男の子、2人を育てながら、ね。え。
エ、もう〔直木賞〕でだって、平ー気な顔、してるンだからね、2人とも。
喜ぶも何も、ア、なンていってやがるだけ。

でも、あたし、直木賞、候補にあがって、6回目にとったんだけど、5回、落ちたときも、2人、平気ですよ。
マ、賞、とって、内心はうれしいんだろうけど、ね。
東京の女って、たとえ嬉しくても、うれしさ、隠すところがあってね、マ、なにしてやっても、はり合いがない、ともいえますね。
あたしの先生も、そう。
長谷川伸、という先生だけど――直木賞とって、報告に行った。ぜんぜん、うれしそうな顔しない。アー、なンていっている。
だけど、実際は、
〔文春〕から電話がかかったらね、
2階の書斎から、スッとんできたって、
奥さんがね、

「旦那さま、スッとんできましたよ」て。

そのあとで、おれが行ったら、知らんぷりしてる。ハハハ、ハ。なーんにもいわないんだから

——。

マ、先生の場合は、意識してますから、ね。〔慢心〕させまいっていうことで、先生の場合は、ね。

ウチの連中は、もう無関心なんだから。ハハハ。

そう、結婚して、20、イヤ、もっといってるかな、22年くらいか、マ、最初は、やっぱり、ぎくしゃくしてたけど、ぼくの仕事をのみこめるまでは、ね。

——はじめから〔仕込んで〕というと、ナンだけど……こうなるまでには、10年くらいかかった。特殊な商売ですからね。

ええ、いまじゃ、もう20年ですから、ほんとに、母親が2人いるようなもんで、マ、自分が、こうして貰いたいと思えば、自ら、率先してやらないとダメ。そのうち、向こうが、おぼえて呉れる。たアだ、おこるだけじゃ、ねェ。

だけど、いまの若いひとには、どうかな。

——これはね、ほかのひとの参考には、ならないですね。なンにも役に立たないんじゃないかな。

ウン。

（「婦人公論」一九七三・十一）

感激の東富士打倒　一年がかり、けたぐりで　対談

――**春日野清隆**（一九二五―九〇　元横綱・栃錦）と

伝記の放送に汗をかく

池波　親方、相撲生活は何年くらいになりますか。

春日野　もう二十二年。

池波　そうですか。その間けい古、けい古でこられたわけですね。しかしこの社会は環境がいいですね。

春日野　あなたは相撲好き。

池波　好きですね。長くみてるとそこに人生があり、哀歓がはっきりと出ていますし。わたし、名《な》寄岩《よろいわ》の芝居を書き新国劇で上演しましたが。

春日野　ああ、あの芝居みた。三十年ごろだったね〔新国劇による明治座での「名寄岩」上演は昭和三十一年（一九五六）一月〕。

池波　名寄岩の引退直後でした。

春日野　現存している人を書くのはむずかしい？

池波　そんなことないですね。その人のいいところだけ書けばいいんだから……。名寄関が病気になって肉体的にもカムバックは不可能といわれていたのを奇跡的に立ち直った。その精神力にひかれて書く気になったんですが、親方も引退直後テレビで伝記の放送がありましたね。ご自分の芝居ごらんになってどんな感じですか。

春日野　悪い感じはしないが、やっぱりくすぐったいところあるね。出羽錦と見たが、出羽に「おい、お前ずい分えらくなったな」なんて冷やかされて汗かいちゃった（笑）。

池波　そういう芝居みていたりすると、昔の楽しかったこと、辛かったことなどいろいろ思い出されるでしょうね。

春日野　いろいろとね……。自分の思うとおり計画をたて、そのとおりいった時ほど楽しいことはない。まだ平幕で体重も二十一貫［約七十九キロ］ぐらいしかないころ、横綱だった東富士関にどうしても勝てなかった。いつもいいところまで押し込むんだが、やられちゃう。そこで考えた。東関を倒すには〝けたぐり〟よりないとね……。そこで立ち合い、いつものように押すとみせて、ぶつかった瞬間さっと足をけって倒したが、あの時はうれしかった。たしか四度目の顔合せだった。

池波　すると考えついて倒すまでに一年以上かかったわけですね。

春日野　そう四場所目に勝ったわけだから［昭和二十五（一九五〇）年秋場所のこと。当時は年間三場所で、栃錦は前頭三枚目。年六場所制は昭和三十三年より］。

池波　こんどはお弟子さんの養成と協会の仕事に専念されるわけですね。いまでも時々けいこ場に下りられるとか……。

春日野　たまにね。

池波　えらいですねえ……。引退相撲は十月ですね。

春日野　そう、十月一日に……。その時このマゲともお別れですよ。

池波　「横綱栃錦」の引退で相撲界も何かさびしくなったような気がします。

十月に〝マゲとお別れ〟　先代が怒った暴飲暴食　苦労も小説作りと通ず

春日野　これがいい潮どきじゃないですか。追いつめられてやめたくないしね。

池波　そういう点わかるけど、一面惜しいという気も強い。

春日野　師匠の栃木山は優勝したあくる場所やめた。追いつめられてからやめるもんじゃないと常々いわれておった……。

池波　横綱は何年くらいでしたでしょうか。

春日野　二十九年の九月だから五年ですね。

池波　長い相撲生活ですから失敗談もおありでしょうね。

春日野　失敗ばかりしてるからね（笑）。

池波　酒は……。

春日野　準優勝し翌場所十三勝したはなやかなころだったけど、巡業先の富士宮で暴飲暴食し腹をこわしちゃってね。それからけいこも満足にできない。そのうち場所ははじまるし、オヤジ（先代春日野［元栃木山］）はプンプン怒るし、千代ノ山［横綱］も場所はつとめろというんで散々の目にあった。おかげでようやく勝ち越せたけど、それみたかとひいき筋には怒られる始末で……。

池波　体が資本ですから……。

春日野　体調をとりかえすのに一年くらいかかりましたよ。わしら常に注意していないといかんねえ。

池波　わたしらの商売でも、二年さきか五年先きに役に立つかどうかも分らない資料をせっせとためこんでおりますが、相撲も三年、五年さきになって役立つようなけい古してるわけですね。どんな商売でもやはり苦労なんだな……。

春日野　とくにわしらの場合は一にも二にもけい古だ。とくに押しのけい古は苦しいものですよ。しかし力は出せば出すほど身についてくるものだ。

池波　押しが相撲の極意といわれてますね。

春日野　そうですよ。わしも二十二年間の相撲生活中おやじにほめられたことは一、二回しかないが、それはバーッと一気に押し切った場合でしたね。ほんとにけい古してないと押し切れないし、けい古をよくつんでいれば普通やってできないことが、本場所でひょいとできることがある。

池波　練習の賜《たまもの》ですね。

総当り制は反対　家族制度とってる相撲部屋

池波　このごろの相撲取りも六場所になって大変ですね。計算すると四日に一日本場所をつとめる勘定になる。

春日野　昔は晴天十日といわれていたが、実質は九日間だった。十日目の千秋楽は〝おさんどん〟

といって十枚目ぐらいしか相撲とらなかった。というのはふだんは女の人は見にいけないので、十日目におさんどんとか女の人が見に行ったものらしい。

池波　ところでこのところ総当り制がやかましくいわれてますね。

春日野　わしは反対ですね。相撲の社会は各部屋が家族制度をとっていて、仲よくせっさたくましてるわけでしょう。この実情を無視して総当りを行なったら相撲が悪くなりますよ。

池波　それを主張するのは一部の〝文化批評家〟や野次馬的ファンの無責任な声ともいえますね。マス席の問題も一部にはいろいろいわれてますね。

春日野　都会の人が中入り後さっとみて帰るんならマスはいらない。しかし相撲はわざわざ田舎からみに出てくる人が多いんだね。弁当持ちで中には一本下げてやってくる。そういう人は長く椅子に腰かけるより、座ってあぐらをかいて、弁当をひろげて、楽しみながら見物する方がずっといいわけですよ。椅子にしたらまた苦情が出ている始末です。要はどっちに合理性があるかということだけれど……。

池波　文句いう方は責任ないから勝手なこと並べられる（笑）。

春日野　ジャーナリズムも野次馬気分でなく、合理的な主張に耳をかたむけてほしいな。

「私本太平記」は好き　うなずけない〝武蔵の強さ〟　わしらはけい古で強くなる

池波　親方は歴史小説がとくにお好きだそうですね。

春日野　ああ、巡業であっちこっち旅行してるうち、その土地のいい伝えなんかをきかせてもらうのが、もともと好きでね。

池波　わたしも歴史小説には興味もってます。

春日野　この前相模川にアユ釣りに行ったら……。何てとこだったっけ、そうそう城山という川に面したちょっとした山で、船頭の説明によると昔そこは北条方の出城になっており、武田信玄が小田原を攻めて甲州に帰るとき、この出城に大いに悩まされたというんだ。

池波　そういうのは土地で自慢にしてるんですね。

春日野　相当高い山なんだが、そのてっぺんに井戸や池があり、池はしょっちゅうにごっていて、昔合戦のおり、その池で刀をといだからにごってしまったんだという伝説になってるらしい。

池波　なかなか面白いですね。信州の方はどうですか。川中島なんか。

春日野　松代城なんかいいね。歴史のにおいがぷんぷんしているようで……。児島高徳《たかのり》……。岡山から裏日本にぬける線の津山がこの忠臣の出身地で、土地の豪族だったんだね。土地の人が自慢していろいろ教えてくれた。

池波　いろいろ勉強になるわけですね、巡業も……。

春日野　勉強するったって、わしらむずかしいことはわからない。吉川英治の「私本太平記」なんか好きだ。

池波　吉川さんの児島高徳はよくかけてますね。それ読んでから行かれたんですね。

春日野　そう。それにその土地には宴会なんかでやる児島高徳の踊りもあったな。

池波　親方、剣道なんかどうですか、やったことありますか。

春日野　子供のころにもやったことないが、ああいうことは好きだ。いろんな本読むでしょう。宮本武蔵なんか暴れもんで、姫路の天守閣におしこめられ、三年後出てきたときはすでに一流剣士になってるが、どうもこういうことはげせない。わしら相撲のけい古をつみ重ねてだんだん強くなっていくんだが、急に一ぺんに強くなるということはふにおちないな。

池波　そのように辻つまの合わないことはよくありますね。

春日野　旅にいくと小説の主人公の墓があったりするけど、でっち上げが多いんだろうね。

池波　この間「瞼の母」［長谷川伸作の戯曲。昭和六（一九三一）年初演］の番場の忠太郎の墓が出来て除幕式が行なわれた。小説に出てくる本人かどうかわからないが、忠太郎という墓があったのは事実らしい。

春日野　遠州の森に行ったとき、石松の墓があるのかときいたら、そんなものは知らねえという話だった。八十六才のじいさんが六、七年前死んだが、侠客で一番えらかったのは大前田英五郎［一七九三―一八七四］という、清水一家でえらかったのは増川の仙右衛門［一八三六―九二］だといっていた。石松なんてのは知らないといってた。

池波　きっと次郎長や大前田に会ったことのある人ですね。

春日野　いわゆる昔の渡世人だったらしい。「大杉の彦左」ってアダ名を持っていた。けんか状の話も聞いたが、講談本のように身内の者がもっていくなんてうそで、客人がもっていくもんだったそうだ。ある時けんか出入りがあって、こっちは五十人、向うは百五十人ぐらいだった。三人に一人ではとても勝味はなかったのを、そのおやじが親分に「百両くれれば勝ってみせる」といったんだ。はじめは若造が何をいうかと相手にされなかったが、ついに説き伏せて百両出させた。そこでおやじは子供が遊びに使う花火を大量に買い込み、それを竹筒につめて河原に並べさせた。さてわあっと戦いがはじまった時、それに一せいに火をつけてパンパンとやらかした。けんか相手はキモをつぶしたせいかとうとう勝ったという話が自慢で……。

池波　なかなか面白い話ですね。

（対談「ファン同士が〝ガップリ四つ〟作家・池波氏と春日野親方」「内外タイムス」一九六〇・九・七）

［冒頭に「リレー対談　NO.372　池波正太郎氏　春日野清隆氏」とあり、編集部による次のリードが掲げられている。「名人栃錦が土俵を去ってすでに五ヵ月。あのせいかんな風ぼうを再び土俵上ではみることができないが、年寄春日野として、また春日野部屋の総帥として後進の指導に相変らず汗を流している。秋場所も間近くけい古に一段と熱を帯びてきた一日、池波さんをわずらわして東両国のけい古部屋に春日野親方を訪ねてもらった。池波さんは人も知る相撲好き。とくに奥さんは大の栃錦ファンで栃錦の負けた日は機嫌が悪く、時にはそれが花々しい夫婦げんかのタネにもなるほどの気の入れようという。「あなた連れてって……」というわけで池波さんが奥さんを同伴されたことは勿論である。」］

II

「波」1980年9月号表紙より

菊有精神《きくにせいしんあり》……霜にも耐える菊の花に強い精神力を見出した、唐代の政治家で詩人の翁承賛《おうしょうさん》による漢詩の一節。

私と平蔵の出合い

今度の《鬼平犯科帳》は、とてもよくできてますね。四本ばかり試写で見たんだけど、映画としてのできばえもいいですよ。前のシリーズのときもよかったけれどね。

うん、自分の小説の映画というものは（見るのが）いやなものだけどね、普通は。

これはやはり、撮影が時間的にゆとりがあったことと、主演の丹波〔哲郎〕さんが《鬼平》にかかりきりでやってくれて、じっくりと撮ることができたからでしょう。

脚本はいいですよ。テレビの時代劇の脚本としては、最高じゃないですかね。脚本家は、前のシリーズと同じです。前回のシリーズのときは、脚本をひとつひとつ私が検討して、セリフの間違いなどを指摘してきたんです。だから、脚本家のみなさんはもう心得ているんですよ。それにスタッフも同じですし、もうすべてわかってくれていますからね。

★

若いときから、この長谷川平蔵〔一七四五―九五〕という人物を主人公にして小説を書くつもりではいたんですよ。どこに興味を持ったかというと、平蔵の若いときの放埓な生活、ね。この人のくわしい伝記はないわけですよ。で、想像していくと、若いときに遊蕩放埓な生活を送ってきたんだね。

そう、十五年ぐらい前だね、書こうと思ったのは。私がね、三十八歳のときですよ、十五年前というと。でも、こういう小説はむずかしいんだ。そのとき、書いて書けないことはなかったけどね、ちょっと世話物の人間を書きこなすだけの自信はなかったし、それでやはり十二年ぐらい待ったんですよ。

まあ、『オール讀物』に連載が始まったんだけど、初めはこんなに書くとは思わなかったんだ。一年間書いて、平蔵が死ぬところまで書くつもりだった。ところが、三回ほど書いたら、評判がよくなってしまってね、自然にこうなってしまったんだ。もう、七年ですよ。

書くのは、きついですよ。毎月毎回読み切りで違うものを書くわけでしょ。だから、最初の（原稿用紙）十枚を書いてきて、そのあとがどうなるか、自分でもわからないことがありますよ、ええ。『鬼平……』を書いていると、毎月が綱渡りですね。

★

しかし、ありがたいことに、みなさんに読まれて……。中年以上の人がものすごく読んでくれているのね。中でもお爺さんのファンというのは、熱烈だよ。このごろは、若いひとも時代小説をたくさん読むようになってね、「昔の人間は、こんなだったのか、何ていい時代だったんだろう」って、びっくりしているよ。

★

『鬼平……』の中で、食べもののことが出てくるのは、無理に書いているんじゃなくて、時代小説に食べものの話を書くというのは、季節感が出るんだ。今の時代とは違うからね。外国の小説には、よく食べもののことが書いてあるけど、日本の小説はあまり書かないね。食べものの内容を書けば、自然にその人間の好みなどが出てくるんじゃないかと思う。

★

実際の火附盗賊改メは、かなり荒っぽい仕事をやったね。町奉行所と違って、調書《しらべがき》などは残っていない。というのは、町奉行所とは別なやり方をしているから、それらの記録は残してはまずい……という、ね。その場で斬ってしまうこともあったから、記録に残しておけないんだ。

長谷川平蔵も、葵小僧と、もう一人ぐらい捕まえた——というだけの記録しか残っていないんですよ。特に葵小僧事件のときは、葵小僧に犯された女性が何人もいるんで、記録を発表してしまうと、その女性たちに迷惑がかかるでしょ。

火附盗賊改メの長官にも、やはり才能のある人とない人がいてね、才能があるといえば、平蔵と、日本左衛門を遠州で捕まえた徳の山五兵衛［一六九〇—一七五七］、それに中山勘解由《かげゆ》［一六三三—一六八七］という人ぐらいかな。

★

また、連載がはじまりますよ……。

（談 「テレビメイト」NETテレビ広報部宣伝課発行 一九七五・五）

自分の命を賭ける生き方

歴史を素材に小説を書いている立場にいるから、嫌いな人物というのはないですね。どんな大名でも、よくその人間を調べ、理解していくと、嫌いではなくなる。一般には、権力の座に執着しつづけた嫌な男の典型みたいに思われている足利義昭（一五三七〜九七、室町幕府最後の十五代将軍）にしても、人間的には、たいへん面白味があると思う。

生き方が好きなのは、真田幸村です。全般の形勢は不利と知りつつ、戦いに出かけ、そして死んでいく。もちろん、本人には勝算がある。といっても、この場合の勝算は、あくまで家康を殺すことにあり、勝って自分の命を永らえることではない。そこに、自分の命を賭けている――。

……大坂夏の陣に敗れ、家康を危ういところまでは追いつめたものの、結局、目的を達せずして果てた。寄せ集め集団だった豊臣方に、幸村の軍師としての才能を用い、使いこなせる人がいなかったのが原因でしょう。

戦国にかぎらず、だれもが自分だけに執着し、目先のことばかり追いかけるときに、この幸村の

生きる姿勢はたいへん好感がもてますね。

（アンケート特集・インタビュー構成「乱世をどう生きるか　私の好きな戦国武将」「潮」一九七四・二）

最近の時代小説

推理小説の影響がおよんできていることが、いまの時代小説の特徴のひとつだろう。かつての岡本綺堂氏の作品は、捕物《とりもの》をたていとにし、よこいととして江戸風俗を描いたものだったが、いまのは、物語そのものを推理的に展開させているのが多い。私の「錯乱」なども、そのつもりで書いたのではないのに、推理小説的だという見かたをした人があった。柴田錬三郎氏の「赤い影法師」がおもしろかったし、長谷川伸先生の「江戸と上総の男」は、ほんとうの推理小説にまさるスリリングな構成をみせている。

人間の描写とか物語のはこびかたが、現代小説のスタイルにちかづいていることも、時代小説の傾向としてあげられよう。むかしふうの書きかたでは、古くさいという感じで、読者がついてこない。山本周五郎氏が人物に現代調の会話をさせているのなどは、うまく成功している例だ。山本氏の「樅《もみ》ノ木は残った」は、ところどころにはさまれた「断章」がみごとな効果をあげていた。ただ、原田甲斐の新解釈は、真山青果《せいか》氏によって、すでになされていることなので、あたらしさという点を私はあまり感じなかった。
ともかく、えらい作家のすべてが現代小説的な手法の面を開拓してしまっているので、残されたところを自分で切りひらいていくのが、若い作家たちのいちばん大きな苦しみではないだろうか。私自身がそうだ。自分で掘って、さがしあてなければならないし、自分に合った素材がみつからなければ、どうにもならないことだし……。

（談「書いた人」「週刊朝日」一九六〇・十一・二十七）

むずかしい新聞小説　流行作家は楽でない

―時代小説『夜の戦士』（本紙連載中）登場人物のことなど―

○…この小説で主として活躍するのは主人公丸子笹之助と武田信玄――当時の武将のうちで忍者を使って最もすぐれた隠密・間諜網を誇っていたのが信玄だったのですね。彼ははじめ伊那谷の忍者を、ついで甲賀忍者をとり入れた。戦争で相手方をはじめ、諸国の動きをできるだけ早く、くわしく、正確につかみうることがどんなに大切か、これは今も昔も変わりません。武田が当時あれだけの実力を誇った原因の一つでもあるわけでしょう。家康も武田の忍者網に目をつけ、知りたがっていた。武田家が滅びたあと、その家来をそっくり自分の家来とし、そのちょう報網をそっくり自分のものにしたことでもわかる。そして家康はその後急速に大きくなってるでしょう。

○…忍者の技法は主として中国から伝わったもので、帰化人が伝えたものと考えられますね。だから今でもあの辺に行くと、なんとなく中国ふうなものを感じさせますよ。ここに登場する忍者は決してこうとうむけいな、はでな活躍はしないでしょう。忍者といえども人間だし、限界もある。

私としてはあくまで合理的に描いたつもり——笹之助もはじめから完成されたものではなく、はじめはそこいらのいたずらっ子の若者から、信玄に仕えてからしだいに感化されて成長していく。この主人公を通じて当時の忍者というもの、さらにそれが果たした役割り、またそれを通じて信玄という人物を描いてみたということができましょう。

○…現代に伝わる忍術の技法や諸道具のほとんどは、徳川時代にそんなものを専門に書く人たちによって書きあらわされ、まとめられたものです。現代に残っている諸道具をすっかりまとめて持って歩けば相当量の荷物になるんですから、忍者特有のおん密活動などできるはずはありませんよ。ほんとうにあの戦国時代に活動した忍者と忍法には、やはりそれなりの特有なものがあったに違いないのですね。

○…塚原卜伝《ぼくでん》と武田信玄のつながりは事実です。卜伝は当時の諸大名、知名士と広くつき合いのあった人だし、この卜伝には私も興味を持ってるんです。いずれ書いてみようと思ってますが……。

—新聞小説は—

○…新聞小説はこれがまだ二本目ですが、その特殊さからくる制約やむずかしさがありますね。早い話が若い年代層から老人層まで幅の広い読者を考えて書かねばならない。適当にお色気もないとだめ。『夜の戦士』でも三人の女を出しておいたが既に一人は死に、一人は結婚するし、もうあと一人しか残ってません。はじめに何人か登場させることにしておかないとあとで困ってくる。また書きながら掲載していくのでテーマを通し、起承転結を、あるいはバランスやかみ合いを考えながらまとめるのがむずかしくなってくる。大切なのは龍頭ダ尾にならないようにすることですね。

とにかくやっかいな制約が多いんですよ。

―吉川英治さんは惜しいことでしたね〔一九六二年九月七日没〕―

○…僕の直木賞は五回候補に上って六回目にもらったんですが、最初のときから僕のことを心配していただきました。だから賞をもらったときとても喜んでもらったんですよ。会ったのは一度だけですが、吉川さんてほんとにいい人でしたね。全然ブッたところがなくて、どんな人にでもわけへだてなくてね。これはだれにでもはできないことですよ。作品ですか――実にうまいと思いますね。読者におもしろく読ませるために、たいへんな努力を重ねておられたことがよくわかりますよ。惜しい人でしたね。

―最近の大衆小説のことなど―

○…推理小説は別として、一般小説の場合は新人の出にくい時代になってきてるんじゃないですか。結局〝賞〟でもとって出なければなかなか載せてもらえない。そこで若い作家たちの間に『賞』を対象に書く、という傾向も出てきてる。ほんとうはあせらないで本格的に技術をつちかい、作品自体にとりくんでいくことが大切だと思うんですがね。そうしておけば『賞』を得たあとも安心ですよ。

○…推理小説の場合はちょっと変わったおもしろさがあればとってくれるが、推理小説というのはたいへんなんですよ。はじめから最後の最後まで精密に組み立てておかねばならないし、一方ではたえず材料を収集しなければならない。そして書く、たいへんな努力と労力がいる。また実際その人たちはそれをやってる。健康の問題も出てくるが、とにかくえらいと思いますね。

○…流行作家になってくると、仕事に追われるだけでなく、交際も忙しくなる。取材や勉強だって欠かせない。自分では地獄の苦しみを味わわねばならない。自分の仕事を大事にし、自分のペースを守らなければほんとうのいい作品は書けませんね。

○…それから現代小説で思うのですが、石坂洋次郎、源氏鶏太などにつづく健康な家庭小説が出てないでしょう。これは編集関係者あたりも考えてほしいですね。第二の石坂洋次郎、源氏鶏太を育てていく必要があると思いますよ。

（「取材に来宮した池波正太郎氏に聞く」「宮崎日日新聞」一九六二・十・一）

人斬り半次郎について　新連載時代小説　序にかえて

◇

連載小説の前がきに、十数枚も原稿を書くのは、はじめてである。

しかし、強《た》ってという編集部の注文なので、少しテレくさいが、書かせていただく。

「人斬り半次郎」という題名をつけたが、この小説の主人公は、日本で、たしか最初の陸軍少将となった桐野《きりの》利秋《としあき》である。

桐野利秋の前名を、中村半次郎という。

桐野利秋といっても、中村半次郎といっても、戦前の誰もがよく知っていた名前であったが、戦後十七年を経過した現在の若ものたちには、あまり馴じみがなくなってしまったようだ。

中村半次郎は、薩摩藩の貧乏郷士の家に生れた。

時代は幕末である。

彼が、薩摩藩の指導者として声望をうたわれた西郷隆盛に見出され、勤王佐幕の乱雲が渦巻く京の地へのぼったのは、文久二〔一八六二〕年の春であった。

徳川幕府も勤王派の志士たちも、日本が近代国家として目ざめる寸前の暗黒時代において、互いに白刃をぬき、謀略を競い、血なまぐさい多くの事件をくりひろげていたのだ。

〔人斬り半次郎〕とよばれるほど、彼は得意の剣をふるって、この時代に活躍をした。

めっぽうに強かった。

彼――中村半次郎が、もっとも讃美してやまなかったのは、戦国の世における〔豪傑〕たちであった。

そして、まさに半次郎は豪傑の片鱗《へんりん》をそなえていたと言ってよかろう。

しかも、美男である。

しかも、好色家である。

好色といっても彼の場合には純真無垢な女性への嘆美がふくまれていた。

したがって、多くの女性から、彼は大いにモテたのである。

◇

中村半次郎が明治維新成って陸軍少将となり、桐野利秋と名をあらため、自分があくまでも〔大将〕といただく西郷隆盛の忠実な（彼は最後まで、そう信じていた）部下として、あの西南戦争に加わり、ついに城山の戦闘に戦死をしたのは、明治十〔一八七七〕年である。

私が、この西南戦争を背景にした彼を主人公にして、ドラマを書いたのは、昭和三十四〔一九五九〕年の正月であったかと思う。

このドラマは、新国劇の辰巳柳太郎のために書いた。

辰巳氏は、永年、中村半次郎にほれこんでいたので、この芝居にかける情熱は大変なものであった。

依頼をうけたのが前年の十二月に入ってからで「すぐに、九州へ行って調べて来てくれよ」と言う。

私も、この材料ならやりたいと思ったたし、少し準備期間が無くて心細かったが、すぐに、鹿児島へ発った。

折柄、私はひどい痔痛《じつう》に苦しんでいたのを今も思い出す。

鹿児島の土を踏むのは、私にとって初めての経験であった。

飛行機は、宮崎空港を舞い上ると、無風快晴の空を、まっしぐらという感じで一気に鹿児島へ飛ぶ。

高千穂の峰々を擦り抜けるその行手には、徐々に錦江《きんこう》湾がひろがってくる。

飛行機は猛烈な速さをもって桜島の山腹を飛び抜け、ぐるりと湾をまわり、鹿児島の鴨池の飛行場へ着陸するのだが……［当時の鹿児島空港は市内中心部に隣接していたが、一九七二年に市街へ移転］。

今もって、このときの景観のすばらしさは忘れがたい。

豪快な景観である。

紺碧の空と、堂々たる二つの火山（高千穂と桜島）の偉容と、鉛色の海と、白い雲にかこまれた鹿児島という土地は、まさに、中村半次郎という男を生み出した風土であると思った。

そして、鹿児島へ着いたとたんに、私の痔病はぬぐわれたように消えてしまっていたものだ。

鹿児島には、三日間滞在をした。

半次郎が生れた吉野郷実方《さねかた》の村へも訪れた。

鹿児島市内から約一里のところで、このあたりは市中を見下す山村であり、錦江湾をへだてて、桜島の威容が、おどろくほどの近さで目に迫って来る。

半次郎の従弟にあたる別府晋介《しんすけ》も同じ村で生れていて、それぞれに碑がたてられている。

鹿児島では、半次郎について東京であつめた資料以外の、珍しいものは手に入らなかった。

けれども、やはり来てよかったと思う。

風土は人を生むというが、鹿児島へ来て見て、はじめて自分の書こうとする中村半次郎のイメージが、はっきりつかめたように思った。

東京へ帰ると、そのとたんに、また痔が痛み出した。

鹿児島のあたたかい気候は真冬を忘れさせ、歩きまわる私を汗みずくにさせたものだ。

帰って年が明けると、すぐに私は大阪で公演中の新国劇の後を追って下阪し、大阪の宿でドラマを書きあげた。

このときは〔賊将〕というタイトルにして、サブ・タイトルに〔桐野利秋〕と入れて上演をした。

初演は翌二月の明治座であった。

この芝居は、私のものとしては初めての長篇で、初日には五時間半もかかり、ようやく四時間に切りつめることが出来た。

辰巳氏の桐野は、まさに名演であった。辰巳柳太郎というひとは、横綱だった朝潮〔在位一九五九―六一　鹿児島県徳之島出身〕みたいなもので、自分の芸にはならなかったときには、ひどい失敗をするが、たとえば北条秀司氏の〔王将〕における坂田三吉のごとく、自分にピタリとはまった人間を演ずるとき、まさにホームランを飛ばす役者である。

いくつも私は辰巳氏のために芝居を書いたものだが、作者としても、これほど主役の快心の演技を見たのはめずらしいことだ。

前半はともかく、後半――とくに城山へこもり、官軍の攻撃をうけてから戦死するまでの演技は、まったくすばらしいものであった。

ことに二日目の出来は抜群で、私は劇作家としては、ごくマレにしか味わうことのない〔法悦〕みたいなよろこびを味わったことを今もおぼえている。

幕があく前、辰巳氏が興奮し切って、舞台に仕かけた火薬玉にまで気をつかうありさまには可笑《おか》しくもあったし、嬉しくもあった。

◇

今度私が書くのは、この芝居でやった桐野が、京都で活躍していたころを中心にして構想をまとめている。

つまり〔人斬り半次郎〕と呼ばれていた時代の彼を今度は書いてみたいのである。

当時〔人斬り〕と異名をとった暗殺者は、勤王方にも幕府方にもかなりある。

それらの人々の多くは、悲劇的な最後をとげているようだ。

中村半次郎とてもその例にはもれないのだが、そこには大分違うところがあるように思う。

豪傑・中村半次郎には、とことんまで〔豪傑〕がもつ明朗さがある。

そのため、明治政府に反抗して、日本本土で戦われた最後の日本人同士の戦争をまきおこし、ついに戦死をとげたという末路に、みじんも陰惨な影がただよっていない。

話は幕末から明治にわたる。

したがって、そのころの日本の歴史というものが大きな背景となる。

だが、私は、この小説を、みじんも、いわゆる〔歴史小説〕にするつもりはない。

近頃は、時代小説についての〔歴史〕の問題が、かなりジャーナリズムをにぎわしているようである。

その是非はさておいて、私は今度の小説で中村半次郎を書くにあたり、この小説は、どこまでも彼を主体にした〔人間小説〕を書こうときめている。

そのためには、つたないながらも、自分が持っているあらゆるものを動員するつもりだ。

いうまでもなく、おもしろい小説に仕立てなくてはなるまい。

中村半次郎は、示現《じげん》流の剣をまなび、これに独自の工夫と豊富な経験を加え、すばらしい腕前の持主となった。

女性についても——彼を取りまく女たちの数は非常に多く、いま私は、そのうちのどの女性をピック・アップしようかと、実は迷っているのである。

迷いながらも、

(何という幸福な男だったのだろうな、彼は……)

つくづくとそう思った。

何ごとにも、自己を主張し、思うままに生き抜いた男なのである。

だから、彼の最後すらも、私には、何か元亀《げんき》天正のころの、鎧兜《よろいかぶと》に身をかため大身《おおみ》の槍をふるって暴れまわった戦国時代の武士の最後のように感じられてならない。

しかし、彼の人間性に、あまり溺れてはなるまい。

あの時代に生きた彼を、何度も冷めたく突き放して見ることもしなくてはならないだろう。

彼が主人公となる小説である以上、必然、西郷隆盛もあらわれてくる。

いまは一寸《ちよつと》した明治維新ブームで、先日も銀座のデパートで〔西郷隆盛展〕がひらかれた。

すぐに出かけて見たが、近頃、誠に充実した展覧であって、私をよろこばせてくれたのである。

会場に〔桐野利秋使用〕の西洋ブラシがあった。

今見ると、何の変哲もない、まるで靴ブラシのようなものだが、明治初年の日本にあっては、このフランス製のブラシは、舶来品として、そのモダン味を大いに珍重されたものであろう。

おそらく、このブラシは洋服ブラシであろう。

彼が、このブラシをもって、まめまめしく自分の軍服の埃《ほこり》を払っている姿を、私は思い浮べることが出来る。

そうだ、彼について、もうひとつの性格がある。

つまり、大変なお洒落だったのである。

もう、この位にしておきたい。

あまり書いてしまうと、読者諸賢の小説への興味が、うすれてしまうかも知れない。西郷隆盛についても、あの上野公園の銅像に表現されているような西郷ではない別の一面も、何とか出してみたいと考えている。

◇

昨夜おそく、この稿へ添える舞台写真について了解を求めるため、いま大阪にいる辰巳氏に電話をかけたら、

「あの男はオモロイよ。あいつを書くのかい、そりゃァオモロイ」

しきりに、おもしろがってくれた。

「オモロく書けるかどうか、やってみないとわからないけど、一生懸命書くつもりだから、まあ読んでみて下さいよ」

「ああ、期待してるワ」

風邪をひいたとかで元気のない声であった。

「窓をあけっぱなしにして寝るから、いかんのですよ」

「しかし、暑くてなあ……」

どうも元気のない声なので心配になったが、桐野を演じたときのようなファイトを出して、氏がこれからも活躍されることを、私は祈った。

私は、明後日、鹿児島へ発つ。

この小説を書いている間にも、二、三度は行くつもりでいる。まだ調べ残したこともあるし、何よりも、あの鹿児島の青い空の下に立ってみたいからだ。

（「アサヒ芸能」一九六二・十・二十一）

新国劇の「風林火山」

テレビや映画で、武田信玄と上杉謙信の合戦物語が人気をよび、今年は春ごろから、この両英雄が生まれた越後・甲斐をはじめ、信州の川中島の戦場跡へも見物が押しかけ、大へんなさわぎらしい。

新国劇が、井上靖氏の名作〈風林火山〉劇化を計画したのは、昭和三十二〔一九五七〕年の春先のことであったから、早くも十余年を経過してしまった。

当時の私は、ほとんど新国劇の脚本と演出の仕事をしており、劇雄・沢田正二郎の遺風がまだ色濃く残っていた、この劇団が、たまらなく好きであった。

〈風林火山〉の脚本は、湯河原の楽山荘という宿へこもり、夏のさかりに懸命に書いた。この年の十月に、新国劇は創立四十周年記念の自主公演を〈読売ホール〉でもつことになり、そこへ〈風林〉をぶつけることになった。おもえば当時の劇団の熱気はすばらしいもので、若い研究生などは、楽屋へ通って来るだけでも、「たのしくて、たのしくて仕方がない」と、いうことであった。

この自主公演は大成功をおさめ、〔風林火山〕は大阪、名古屋と公演したのち、翌年に東京で再演された。

今度の上演は、それ以来十二年ぶりのことになる。

この間、劇団を去ったり、亡くなったりした俳優も多いが、島田〔正吾〕の山本勘助、辰巳の武田信玄、香川〔桂子〕の由布姫の三人が、今度も健在で同じ役をつとめることになったのはこころづよい。

いまは小説ばかり書いている私だが、久しぶりに若返って稽古場へ出るつもりである。若返るといえば…………。

はじめは劇作者として世に出た私の処女作〔「鈍牛」〕が、はじめて新国劇によって上演されたのも、この新橋演舞場で、そのころ（昭和二十六年）は終戦間もないこととて、冷房もなかった劇場で、役者も見物も汗みどろになっていたものだ。

それから二十年に近い歳月が経過してしまったとおもうと、まるで夢を見ているようなおもいがする。


（新橋演舞場公演プログラム　一九六九・九・二）

井上靖あて書簡

御ぶさたしてをります。

おかげさまにて「風林火山」も好評裡に上演も終りありがとう存じました。

今度の脚色で、私もいろいろと勉強をさせて頂きました。来るべき大阪上演の折には一層の磨きをかけ、ごらんに入れたく存念してをります。

二十六日に渡支（？）なさいますとか――平安な御旅行を祈ってをります。

参上して御挨拶申し上ぐべきですが、御多忙中、かえって御迷惑と存じ書面をもって千秋楽の御挨拶まで申し上げました。

十月十六日　夜

池波正太郎

井上靖様

（一九五七・十・十六　神奈川近代文学館蔵）

構想はあまり練らず

〔リード「時代小説は江戸時代が多い。読者にも当時の庶民の生活が想像できる。そう遠くない昔である。池波正太郎さんは時代小説作家として人気抜群。江戸の街をすみずみまで心得て、人情豊かな主人公を登場させる。／〝まげものブーム〟といわれるテレビ界でも、すでに池波さんの「必殺仕掛人」「鬼平犯科帳」「剣客商売」など放映されて、ブームのもととなっている。池波さんを東京・品川の自宅に、長野県伊那市の主婦Mさん（二四）が訪ねた。小説のことやくわしい食べものの話などを聞いた。Mさんは時代小説ファン、なかでも池波さんの大ファンである。」〕

――週刊誌、月刊誌とたいへんお忙しいですね。だけど、締め切り日にはちゃんと書いてあって、出版社の人を待たせたことがないとか伺っていますが。

「そうねえ。月に六百枚は書きますか。一日二十枚は必ず書いていかないと……。そりゃねぇ、前もって言って来てくだされば約束の日は守りますが、一月や二月ぐらいじゃだめですよ」

――連載のものはストーリーとか、構想を十分練ってから始めるわけですか。

「いゃあ、考えないですよ。寝るときにちょっと考えるだけで……。こしらえるのは初めのところだけですかね。いきなり書くことが多いだろうな。自分でも不思議に思うくらいです。でも最後はまとまるから不思議ですね」

（素朴なこけしをいっぱい飾った応接間。和服姿の池波さんはゆったりと腰かけて明快に答える）

――作品を読ませていただくと、江戸の情景が目の前に浮かんでくるほど、江戸の街に詳しいですね。

「街の様子は一応調べてはみますが、あまりあった通りには書かない。江戸の街もどんどん変わっているんですね。いまの東京ほどじゃないけどね。大名には屋敷替えがあったし、火事もあったわけでして……。その年代年代の地図を持っていないといけない。まあ、東京で生まれ育ったから、たいがいのことはわかりますがね」

――現地にも実際に調べに行くわけですか。

「場合によってはいくこともあるけど、歩いて何分かかるとかいうようなところもあるからね。堀部安兵衛、高田馬場のあだ討ちの場面だって、いまは面影もないけど、坂があるくらいのもんでしょ。まあ、行かないより行った方がいいだろうという程度です」

――作品にはおそば屋とか食べ物の話もよく出てきますが。

「ウナギでもソバでも、〝鬼平――〟のころ、料理屋ができて、流行しはじめたころですね。焼いて、ミソダレをつけて食べるだけで、漁師とか人足の食べものだったものが、蒸し上げて脂を抜いて食べる料理法が発明されてからは一般の人も食べるようになったわけです。タレもうまいのが発明されたころですね。

そば屋しかありませんよ。喫茶店とかレストランなんてものがある時代じゃないですからね。そば屋は今でいう温泉マークもかねていたことがわかっていますね。それに当時は食べ物は季節がはっきりしていました。いまはナスも年中ありますが、昔は〝ナスの時期〟というものがあった」

——お酒の方は……。

「飲むってほどじゃないですが、一日二合ぐらい。飲んだあとはガァーッと寝ちゃうんですよ。小説書く人は飲まないといけない。飲まない人はみんな神経がやられちゃう。チリチリ考えているうちに眠り薬に手を出したり……。〝酒は百薬の長〟というけど、ほんとですよ」

——登場する女性は大きな人が多いのは。

「女っぽいといった女は出てこないですね。メソメソした女は好かないんですよ。話の上でも体が大きくないとだめなことが多いからでしょう。きっと」

（Mさんはさすがに作品をよく読んでいた。小説の中のひとつの場面に及んで話がはずむ）

——現代的な小説はお書きにならないのですか。

「注文がこないからですよ。新国劇の芝居の脚本書いていたこともあり、書かないというわけではないんですがね。このごろはおもしろい小説は少なくなっていますね。現代小説を書いてもみんな生活が同じでしょ。大きな家、小さな家というようなことがあっても、着るものも、食べるものも昔のように差別がない時代ですからね、世の中が単調になるし、いままでに書きつくされてきています。その点僕らの時代小説は材料には困らない。死ぬまで困らないですよ」

——大衆小説を書く場合には、読者の好みに気を配るようなことが……。

「そんなことはしませんよ。またできないと思う。日本人は感性の国民だし、欧米は理性だ。十粒の米をまいても日本は風水害や地震で十粒はとれない。向こうは安定しているからとれる。それが理屈をわかりやすくしている。感性の人は何を考えているか、さっぱりわかりゃしないよ。だから、いっさい考えない」

――きらいな人間っていますか。

「ウーン、そうだな。成り上がり者。有名になって人間が変ったようになるのがいる。まわりのものも、〝だれそれの家内だ〟とか〝親〟だとかいうのがいるのはいやだね。結局、自分が笑われることになるよね。僕らの商売にかぎらず、運転手つきの自家用車に乗って窓から見ているようになると感覚がくるってくる」

（外国映画を月に十本ぐらい見て、帰りにサウナブロに入り、マッサージをとり、メシでも食って帰るのが唯一の楽しみという池波さんだ）

（読者によるインタビュー「信濃毎日新聞」一九七三・十一・十二）

新鮮で鋭い人　Mさんの感想

毎月あれだけの量を書きながら新鮮さを失わないということはすばらしいですね。話し方も人を見る目も鋭い人という印象が強く残りました。

［紙面図版のキャプション「『あなたは伊那谷ですか。人情が厚くていいところですよ。あそこは』――県下の地理、歴史にもたいへんくわしい池波さんと話すMさん。書架には「上伊那誌」も見えた」］

『蝶の戦記』を終えて　歴史的背景に重み　骨が折れる〝忍者小説〟裏の裏かく描写で

私も、忍者小説はいくつか書いているが、女の忍者を主人公にしたものは、こんどの「蝶の戦記」がはじめてであった。

私の忍法は、奇想天外なまねをするわけでもなく、忍者としてやれるかぎりのことしかさせない。

したがって、忍者が飛んだりはねたりするおもしろさよりも、その忍者が活動する歴史的な背景が、もっとも重要な主題とならざるを得ない。

こんどの小説は、はじめが川中島の合戦で、ラストが姉川の決戦になってい、主人公の於蝶《おちょう》も、上杉謙信から織田信長、浅井長政など、スケールの大きい人物たちを相手にしてゆくだけに、骨が折れた。

しかし、読者から〝愛すべき於蝶である〟とのはげましの手紙が、連載中に何通もよせられ、非常にうれしかった。小説の舞台になる土地へは、ほとんど足をはこびもした。何度も見た土地でも、あらためて出かけて行き、それなりに新鮮なイメージをつかむことができた。

越後・春日山をおとずれたのは、一年まえのいまごろで、ここは初めてであっただけに、上杉謙信の城と町づくりのスケールの大きさに瞠目《どうもく》したものである。謙信については、さまざまの説がなされているけれども、私は、この春日山訪問のイメージによって、私なりの上杉謙信をえがいたつもりである。

杉谷《すぎたに》屋敷があった甲賀の地へも何度か出かけたし、姉川から近江一帯は、くまなく歩きまわった。そうした効果が小説にあらわれているかどうか、これは読者諸氏の御批判を待つよりほかはない。

ついでにいわせてもらうと、本格的な忍者小説というものは、ほかの時代小説を書くよりも三倍も骨が折れる。

忍者はプロフェッショナルであって、どう見てもプロらしく描写されねばならぬ。つまり常人の行動の何倍かの底ふかい言動をとらねばならぬ。敵の忍者も常人ではないのである。こちらがこう思うことを、敵は知りつくしている。だからまたその裏をかき、その裏をかくことを敵が予知している場合も考慮に入れておかねばならない。

これからも私は忍者を描くつもりだが、そうたびたびはかけそうにもない。それほど、私にとって〝忍者小説〟というものはめんどうなものになってしまっているのだ。姉川や川中島のような大戦を書いていると、これもまた疲れがひどい。自分は謙信や信長になったつもりで戦闘状態を描写してゆくということは、まことにつらいものだ。戦闘のエネルギーが、大決戦になればなるほど巨大になってくるから、神経が疲れてしまうのだ。

これは……。

たとえば、名もない一剣士の斬り合いを描くのと、上泉伊勢守のような剣の神様のような人の斬り合いを描くのと、くらべて見て、執筆後の疲労が何倍もちがうのと同じことなのであろう。

（「信濃毎日新聞」一九六八・五・十五）

人間近藤勇　歴史夜咄

情の深い善人の顔

顴骨《かんこつ》の突出した、眉のせまった、への字に引きむすんだ唇が異様に大きい勇の容貌を、道場へよく遊びに来る永倉新八という剣客が、

「近藤さんの角張った顔つきは、鉋《かんな》をかけぬ材木みてえなもんだ。材木面《づら》だよ」

と評したそうだが、横顔、ことに右側からのそれは、人が違ったような端整さで

「横顔はふしぎだね、年齢《とし》よりもむしろ若く見える」

と、これも永倉の言である。

（池波正太郎『近藤勇白書』より）

ぼくの小説『近藤勇白書』では、冒頭に近藤の容貌をこんなふうに描いている。これは残っている写真から受けた印象を、永倉新八にいわせているわけ。

そういうぼくのイメージから、映画でもって役者がやるとき、最も近藤勇その人に近いのはだれかというと、もう随分いろんな役者がやったけど、大河内伝次郎じゃ立派過ぎるんだよ。月形龍之介もそうだし、ある程度似ているのは、最近よく出る瑳川哲朗［NHK大河ドラマ「三姉妹」（一九六七）など複数の作品で近藤を演じた］っていうのがいるでしょう。あれに近藤の面影があるね。

ぼくは観相術なんかも好きだからね。近藤勇のように写真が残っている場合は、それを見て人相の点からも推測しながら、だんだんと近藤勇の人間像を掘り下げていく。あの人の顔はどう見ても人の善い顔ですね。

腹黒い、いわゆる策略家のタイプとは全然違う。その正反対で、非常に情の深い顔ですよ。

戦後の近藤勇の評価というのは、

「百姓上がりの人殺し」

ということにもなってしまった。作家なんかで、そういうことを書く人もいますよ。下賤な武州の百姓の倅が成り上がって、暗殺集団の頭領になった、とね。

だけど、士農工商といって、当時の百姓というのは武士《さむらい》の次に来るわけでしょう。身分からいえば、百姓のほうが鴻池《こうのいけ》［大阪の豪商］なんかより上なんですね。

侍だって、三十石二人扶持《ぶち》だとか百石程度の御家人であれば、生活状態は農民よりひどいわけですよ。人間的にもひどいやつがいっぱいいる。むろん全部じゃないけどね。

近藤勇は、天保五［一八三四］年の生まれで、生家は武州・調布町上石原の農家です。現在の多磨墓地［霊園］の東方一キロほどのところで、このあたりでは、かなり大きな農家だった。お父さんは宮川久次郎といって、村の肝煎《きもいり》［名主《なぬし》］のような役もしていたし、何といっても徳川将軍直轄の領地の大百姓ですからね。その倅として生まれたのだから、そりゃ大したものですよ。侍になったってちっとも身分的には恥じることはない。

近藤勇のことを百姓上がり、百姓上がりというけど、そんなことをいったら勤王の志士なんかで、どうしようもないやつが、明治になってから大臣になったりしているんだからね。育ちは、近藤のほうがずっといい。

土方歳三だってそうです。土方のほうが近藤の家より百姓としては小さいけどね。それで土方は、小さいときに上野の呉服屋に奉公に出されたんです。今の松坂屋の前身ですよ。そこで年上の女中とできてクビになっちゃった（笑）。

近藤の場合は、家が裕福だから、小さいときから大事にされて、本当にしあわせな少年時代を過ごして来たわけだ。父親も剣道が非常に好きな人だし、この子は剣が好きだからということで、好きなようにさせて、のびのびと育てたんだよ。

この宮川家の道場へ、月に一度か二度、天然理心流の剣客・近藤周助邦武が出張稽古にやって来て、その近くのお百姓さんたちに剣道を教えていたわけだ。そして、当時十六歳の宮川家の三男・勝太《かつた》を見込んで、自分の養子にした。それが近藤勇だからね。一流の剣客である近藤周助が、天然理心流の跡継ぎとして養子に迎えたという、このこと一つを考えても、勇の人柄がわかるでしょう。

一説によれば、そのころの宮川勝太が特別に群をぬいた剣技の持主だったわけじゃなくて、むしろ鈍重なほどだったというね。長男のほうが稽古では冴えていたともいうんだ。それでも近藤周助が勝太を選んだというのは、やはり、人間的に、跡継ぎにふさわしいと認めたからということになる。

まあ、そういうことで、小石川の小日向《こひなた》・柳町にある剣術道場〔試衛館〕の主になるわけだが、道場で稽古をしている限りでは、沖田総司にかなわない。三本やっても三本とも沖田に取られるというありさまでね。

だけど、道場の剣と実戦とは全然違う。道場で竹刀《しない》や木剣でポンポンやっているぶんには、命は心配ないでしょう。真剣の場合は、どちらかが死ぬ。そうなるとはかり知れないほど強いんだよ、近藤勇は。

近藤勇は、青眼《せいがん》にかまえた金十郎の剣の前へ全身をさらけ出し、おのが剣をだらりとひっさげたままの不敵なかたちで、ジリジリと恐れげもなく尚もせまってくるのである。

「あ……うう……」

勇の細い切長の両眼から発する光芒に射すくめられ、飯田金十郎は低く、うめいた。

（中略）

金十郎は、あのむさ苦しい坊主頭をふりたて、

「や、おう!!」

大刀を平《ひら》青眼につけたかと思うと、猛然、勇へ襲いかかったものだ。間をせばめつつ、その大刀

が頭上へふりかぶられ、うなりを生じて勇へ撃ちこまれた。同時に、勇の右手に提げられた一刀も生暖い春の大気を引裂いて宙に躍った。

「曳《えい》!!」

飯田金十郎の体軀がへし折れたようになった。撃ちこんだ彼の刃《やいば》を、下から擦り上げた勇の刃にはね飛ばされてしまったのである。さらに、勇の刀は空間に一回転し、その余勢を駆って、飛び逃げんとする金十郎の横面《よこめん》をざくりと切った。

「わ、わあっ……」

絶叫をあげて、満面を血みどろにした金十郎が恥も外聞もなく、雑木林の中へころげこみ、必死で逃亡にかかった。

「待て、こいつ……」

沖田が追わんとするのを、勇が、

「総司。やめろ」

「しかし、先生……」

「いいさ。おれも殺したくはなかったんだから……」

井上源三郎が道へ屈みこんで、

「やつの耳が切り落されている。これあ、左の耳ですな」

ぼそりといった。


（『近藤勇白書』より）

剣客・飯田金十郎というのは、これはぼくの小説の創作人物ですがね、このときの近藤の剣法はちゃんと天然理心流にあるんです。近藤勇直筆の〔奥義書〕が残っていて、ぼくも見ましたが、その中の一つ「龍尾《りゅうび》の剣」というもので、つまり敵の攻撃力を逆用して反撃する一手ですよ。

「尾を打てば頭来《かしらき》たり、頭を打てば尾来る」

といわれるものなんだ。

勇愛用の木刀を見ると、まるで丸太のようなかたちでね、手につかめば、たちどころに真剣の重味を感じることができます。

天然理心流というのは、実践に際しての気力を最も重んじた剣法です。組太刀の型をつかうときでも、真剣と同じ重量の木刀を用いるわけだ。結局、実戦で真価を発揮するという意味で、幕末の動乱の時代には一番ふさわしい剣法だったのかもしれない。

大奥勤めの妻おつね

「今宵の虎徹《こてつ》は血に飢えている……」

という有名な台詞がある。本当に近藤勇がそんなことをいったわけではないけどさ（笑）。あの虎徹は、本物なら名刀ですよ。だけど、勇のはニセの虎徹だという説もある。ニセの虎徹だっていいんだよ、勇の場合は。斬れりゃいいわけなんだ。

それで、本当は物凄く強い近藤勇なんだけれども、道場では沖田にやられる。強そうな道場荒しがやって来ると、すぐに斎藤弥九郎の道場〔練兵館《れんぺいかん》〕へ人を走らせて、塾頭の渡辺昇《のぼり》に助けに来

てもらう。当時、

「練兵館の渡辺昇」

といえば、江戸の剣道界では知らないものはない。その渡辺が、いつでも気軽に助けに来てくれるというのは、やっぱり近藤の人柄がいいからですよ。悪びれるところがなく、いかにもさっぱりとしているからね。育ちのよさというものが、こういうことでもわかりますね。

ところが、面白くないのは近藤勇の奥さんなんだ。勇より三つ年下で、つねというんだけれども、長らく江戸城の大奥に奥女中として奉公していた女性でね。当時、大変な女のエリートだったわけだから、それだけに気位も高い。

本来ならば、もっといいところへ嫁に行けるものを、ああいう時代だし、しかたなしにしがない剣術つかいのところへ来たという、つまり一種の失望感のようなものを持っていたわけだね。

その、おつねさんにしてみれば、強い剣客が試合を申しこむたびに、勇が逃げちゃって、他の道場から助勢をたのむというのは、もう耐えがたい屈辱なんだ。それで、つい、夫の勇を見るまなざしも冷たいものになる。

それが、ぼくの小説では、ある日、沖田総司からわが夫の素晴らしい強さを聞かされて、つねの態度が一変する。いつもは、道場の経営もらくじゃないから、魚といえば干物ばかりだし、それに豆腐の煮しめでもつけば上等のほうでしょう。

それなのに、その日は、見事な鯛は出る、貝柱と三葉の酢のものは出る、蛤《はまぐり》の吸物は出るという具合でね。しかも奥方、日ごろは見せたこともないような化粧姿で、艶然と笑いながら、燗《かん》のついた徳利を二本、うやうやしく盆の上へささげ持ってあらわれたものだから、近藤勇が肝をつぶした。

(平常は真の底力をおかくしになっていて、いざというときには、いかな強敵にもおくれをとらぬ。そのように奥ゆかしいお人だったのか……)

と、つねが勇を見直したわけですよ。

それからというものは、あの冷笑の色を含んだようなよそよそしさがすっかり影をひそめてしまう。身のまわりの世話でも、食事の給仕でも、勇を見る目が全然違う。当然、〔夫婦の夜〕にも大変革が起ることになる。

まあ、具体的にどんな変革があったかについては、ぼくの小説を読んでいただくとして、勇の奥さんのことをあれだけ書いたのは、ぼくの『近藤勇白書』が初めてですね。

あの奥さんについては、そんなに資料があるわけじゃないんですが、八王子の千人同心《せんにんどうしん》・松井八十五郎《やそごろう》のむすめで、長年大奥づとめをしていたということはわかっている。その一事によって、ぼくがあれを創ったわけです。大奥づとめをしている女である以上、こういうことを、こういうように感じるんじゃないかと思うから、それに従って書いたわけですよ。

「御決心が、まだつきませぬのか?」

と、つねが凝《じっ》とこちらを見つめているのに気づき、勇は、

「お前……」

「はい?」

「おれに、行けというのか？」

「はい」

なんと、つねは、きっぱりうなずいたものである。

「将軍家のおために、旦那さまが、その剣術をもっておはたらき下さるならば、つねはうれしゅう存じます」

（『近藤勇白書』より）


浪士隊に参加して京へ上るということは、最初は必ずしも勇自身の積極的な意志ではなかったとぼくは思う。

金はないけれども春風吹きわたる感じの家庭生活を、このころの近藤は心の底から楽しんでいたわけだからね。奥さんとは非常にうまくいっているし、娘の瓊子《たまこ》は可愛い盛りではあるし、毎日の暮らしに満足しきっていたんですよ、本当は。近藤勇というのは、そういう家庭的な、心のあたたかい人だったんだ。

だけど、藤堂平助のような弁舌の巧みな人間に説得され、土方に相談をすれば、やってみようじゃないかといわれ、それでも決断しきれずにいたところへ、つねにも強く勧められる。そうなれば勇自身も、むらむらと腕が鳴りはじめる。

ただ、そのときの近藤勇には、この機会をとらえて偉くなろう、出世しようなんていう気持ちは全然なかった。立身出世はどうでもいい。

近藤は、いかに武州・多摩の百姓の出であっても剣術の先生だから、精神は武士ですよ。武士である以上、この動乱危急の時に、何とか徳川方の力になりたい。それが男の生きがいなんだという気持ちだったんでしょうね。そういう思いが最終的には、京都へ行こう、と自分の道を決めさせたわけです。

だから後には確かに大名なみの待遇を受けることになるけど、そもそもは男としての自覚からだったと思う。

やっぱり男である以上、戦争のときに志願して行く若い人がいたのと同じですよ。徳川幕府が崩れるということは、当時の江戸の人にとっては日本の国が崩れるということと同じ感覚だからね。長州や薩摩というのは、他国なんです。

「新選組」の恩人子母沢寛

それでいよいよ京都へ行くわけだが、その道中でも近藤一派は重んじられなくて、宿割りというような役目を押しつけられる。いずれも腕に覚えのある浪士たちの寄り集まりだから、それぞれに意地をたて、見えを張り、

「安く見られてたまるものか……」

と、肩肘怒らせているわけだ。そういう連中の間で、近藤勇は一行の下ばたらきのような宿割りの係を黙々と務めているわけですよ。

あの浪士隊というのは、いろいろと雑多な人間が集まったものだから、中には博徒のようなもの

もいれば、食いつめた浪人もいる。これを機会に一旗揚げようと野心満々のやつもいる。さらに芹沢鴨のような、いわば性格破綻者もいたわけでしょう。

そういう連中と比べたら、近藤は小さいとはいえ江戸で道場を構えて立派にやっていた、一国一城の主なんです。だけど、頼みこまれれば、いやとはいえない。沖田総司なんかが怒って、

「先生、そんな下ばたらきのようなことをすることはありません」

といっても、取り合わない。それが自分の仕事だということになると正直に、一所懸命にやる。そういう律義な男なんだ。うまく立ち回ることができない人間なんですよ。

こういうところからも、近藤勇は心のあたたかい、生真面目な人だったと、ぼくは感じるんですね。

こうした近藤勇の人間像を生々しく書いたのは、子母沢寛《しもざわかん》〔一八九二—一九六八『新選組始末記』（一九二八）など「新選組三部作」〕さんが初めてです。白井喬二さんの新選組はちょっと違うけれども、それからあとまともに新選組を書いた人は、少なからず子母沢さんの恩恵をこうむっているわけですね。ぼくもそうです。

ぼくが行って挨拶をして、教えを請うと、子母沢さんは快く教えてくれましてね、貴重な資料もいろいろ貸して下すった。

それまでは単なる脇役だった土方歳三にスポットを当てたのは、戦後になってぼくが最初じゃないかな。長い小説《もの》じゃないけど「色《いろ》」〔一九六一〕というタイトルで、土方歳三と恋人の女性のことを書いた作品があります。これが初めて土方歳三にスポットを当てた小説だと思う。

この小説は映画にもなりましたよ。「維新の篝火《かがりび》」〔一九六一〕なんていう変な題に変えられちゃっ

たけどね。女の役は淡島千景、近藤は月形龍之介がやりました。

月形は立派過ぎるけど、役者の近藤勇としては、いい近藤勇でしたよ。品があるからね。主役の土方歳三が片岡千恵蔵。となると、瑳川哲朗の勇じゃ土方が立派すぎて釣り合わない。いい男で大スターの片岡を自分の副長にできる役者でなくちゃ近藤勇になれないわけで、そうなるとやっぱり大河内とか月形ということになっちゃうんです。

ぼくが、その話を書いたきっかけというのは、ある晩、テレビドラマを観ていた母が、ふっと、

「土方歳三っているだろう、新選組の……」

と、いい出したんだ。

「いるよ」

何気なくぼくが答えると、

「あの土方って人の彼女は、京都の、大きな経師屋《きょうじ》の後家さんだったんだってねえ」

と、そういうんだよ。それを聞いた瞬間におそらく、ぼくの顔色は変わっていたろうと思う。とんでもない話だからね。手短にいうと、母の父、つまりぼくの祖父は錺《かざり》職人をしていたんだが、この祖父の友だちで同業だった人が、

「私のおやじは、むかし京都で、新選組の土方歳三の馬の口とりをしていたそうだが、その土方の色女は、経師屋の後家さんだったそうだよ」

と、たったこれだけのことをいった。それを祖父が、当時十七、八だった母に話し、五十年も経ってから、その晩、母が思い出したわけですよ。もっとくわしく話してくれと母に頼んだが、覚え

ていたのはそれだけ。だけど、ぼくにはそれで十分だった。それで一気に「色」という短篇を書き上げたんです。

得手でなかった女遊び

今年に入ってから新選組でも平隊士が五名も暗殺されていた。日常の張りつめきった勇の心身は、女を抱くと、かつてないほどの荒々しさになり、

「かんにん……かんにんどすえ」

錦太夫は勇の両腕の中で、息も絶えんばかりにささやく。それでいて彼女の双腕《そうわん》は勇のふといくびを巻きしめ、切なげなあえぎをたかめてゆくのだ。

みだれる女の呼吸が香っている。情事の最中の女の息はいやなにおいがするものだが、京の遊女からもれるそれは何かの花の香りがする。

(『近藤勇白書』より)

もともと近藤勇は女遊びは得手じゃなかった。ましてや、つねという奥さんを迎えてからは、ほとんど遊里に足を向けていなかったんじゃないかと思う。土方は若いころから相当遊んでいる。永倉新八もそう。だけど、近藤は、若いときに遊んでいないからね。だから一度《ひとたび》、京女の肌になじむと、これはもう面白くて面白くてたまらなくなってくるんですよ。

新選組局長という身分になって、月に五十両という高給取りになっているし、金に不自由はない

ということで、急に遊興が激しくなる。まあ、そうはいっても大したことはないけどね。隊務をおろそかにしてまで遊ぶということはないんだから。

だいたいが剣術家というのはおくてなんですよ。これはどうしてもそうなる。脇目もふらずに修行しているんだから、若いときに、そんなことをやっていられませんよ。

それに本当に剣術の修行に打ちこんでいれば、別に女がいなくても何とも思わないものなんだ。現代《いま》の人たちはちょうど年ごろのときに、本当に躰を使って打ちこむことがないから、おかしくなっちゃう。精神的に全然鍛えられていなくて、ただ肉体だけが発達してしまうんですね。動物と同じになっちゃうわけですよ、女も男も。だからいろんな問題が起きるんです。

近藤は、愛寵《あいちょう》の錦太夫が島原からいなくなってから、次に深雪《みゆき》太夫に熱中する。とうとうこれを囲うことになるわけだ。〔休息所〕という名目でね。やがて、深雪太夫の実の妹お孝《たか》にもひょんなことから手をつけ、こっちの面倒も見ることになる。やがて、お孝には勇の子ができる。

姉妹の間で、両方からの嫉妬に責められておろおろするところなんか、いかにも近藤らしいやね（笑）。ぼくの小説では、永倉新八に頼みこんで、妹を別の家へ移してもらうわけだ。

欠かさなかった習字の稽古

だけど、本来が生真面目な人ですから、やるべきことは実にきちんとやっている。あれだけ忙しく命がけで働きながら、その中に時間を見つけて熱心に本を読み、習字の稽古を続けている。近藤勇の字というのは、なかなか立派なものですよ。

土方歳三でも、あるいは〔人斬り半次郎〕といわれた中村半次郎、後の桐野利秋、ろくに教育を受けていないこういう男でも、字を見ると、いい字を書いているんですよ。やっぱり、かげで物凄く勉強していたということですよ。半次郎に比べれば、それは近藤のほうがもともと教育はあるけどね。

百姓上がりだ、成り上がりだというけど、勤皇方の変なやつらより、新選組のほうがずっとたちがいいですよ。ただ、資金という点で、徳川方の人間は損をしている。資金が欠乏していて、どうにもならないんだ。勤皇方は、じゃんじゃん金が入ってくる。それというのも、長州自身が金を持っている。薩摩も持っている。それを助ける商人たちが、どんどん金を出すということなんですね。だから、同じ京都のお茶屋で遊んでも、幕府方の連中は金払いが悪いんですよ。当然、京都では町の人気は勤皇方に集まるということになる。

そこで苦労をしたのは松平容保《かたもり》ですね。容保という人は、幕府が任命した京都守護職であっても、孝明天皇の信頼が一番厚かった人だからね。容保が後盾となっていろいろとしてくれている間は、まだ京都の人たちの新選組を見る目も違っていたわけですよ。

ところが、孝明天皇が急逝され、松平容保も病気でたおれてしまう。それで、はっきりと徳川方が形勢不利になると、たちまち新選組も悪口ばかりいわれはじめる。これはいつの世でも同じことですがね。

芹沢鴨と平山五郎の葬儀は、翌日の九月二十日、前川屋敷の屯所においておこなわれた。（中略）。

近藤勇は、仕立ておろしの黒羽二重《はぶたえ》の紋つきに仙台平《ひら》の袴をつけ、威儀堂々として参列者を前に弔詞を読んだ。

新選組局長は、いまや勇一人となった。

その責任の重さに立ち向かって行こうという気魄《きはく》が、この日の勇の言動に威厳をあたえ、

（これからは、絶対にうしろゆびを指されるような新選組にはせぬ!!）

断固たる決意が、一種、沈静の貫禄となって見え、

「まるで、一夜にして人がちがってしまったようだな」

暴れ者の原田佐之助も、眼を白黒させていた（中略）。葬儀に列席した幕府側の人びとも、この日の勇を評して、

「三千石の旗本には、充分に見え申す」

などと、ささやきかわしている。

（『近藤勇白書』より）

近藤勇という人は、非常に貫録があって、どちらかというと、年齢《とし》のわりには老けて見えたというね。

この貫録は新選組隊長になってから急についてきた。相撲取りが大関から横綱になると俄然違ってくるのと同じなんだろうね。役者が襲名すると違ってくるのと同じです。ずっしりとのしかかってくる責任を果たそうと思い、努力をしているうちに、それが貫録というものになってくるわけです。そりゃあ、つかないやつもいるけどね。

芹沢鴨を暗殺して、自分が一人で新選組を率いてゆくことになったとき、弔詞を読む近藤の態度があまりにも堂々としているので、みんなびっくりしてしまう。これからはおれがやらなくちゃならないんだ、大変な責任だという気魄が出てくるから、まるで別人のようになっちゃうんだろうね。

そのためにかえって、永倉新八や原田佐之助のような同志から反撥を買うこともある。永倉なんかにしてみれば、〔試衛館〕時代からの気易さがあるでしょう。つい、それまでと同じように「近藤さん」と呼びかけてしまう。それをいちいち「局長」と呼べといわれるから面白くないわけだ。だけど、近藤としては精一杯に、自分の立場というものに忠実に、務めを果たそうとしているんだよ。そうしなければ「組織」というものが成り立たない。

近藤勇は、本質的に人情深いでしょう。だから隊の規律を守る上で、自分の好きでもない人間は遠慮なく処罰できても、好きな人間に対してはどうしても甘くなるという欠点がある。それで、近藤にまかせておくと、おさまりがつかないことになる。それが土方の重荷になってくるわけだね。

土方歳三にしてみれば、一番身近にいて、近藤の人情深さというか、人のよさがわかっているから、組織の規律を守ってゆくためには自分が鬼にならざるを得ない。土方にとって近藤は、自分の兄のような感じの隊長だからね。だから、その欠点を補うことについては、自分がいくら泥をかぶってもいいというところがあるわけですよ。

近藤が死刑になり、新選組が崩壊した後、土方は北海道へ行って榎本武揚と一緒に戦うことになる。そのときは榎本が隊長で、自分はその下の一人の将校に過ぎない。だから、どんなに気楽だかしれないといっていますよ。もう責任がないから、いつでも気楽に死ねる。

だけど、近藤も、人情家ではあるけど、何から何まで土方の手を借りなくちゃできないという男じゃないですよ。また土方も、そういうことを近藤に内緒で独断で事を運ぶということはしませんよ。必ず近藤に話をして、こうしようと思うがどうだろうか、じゃ、そうしたまえ、ということでやっていたわけだから。

芹沢の斬殺だって、近藤自身の決断ですからね。

映画の場合、芹沢鴨の役は、だいたい決まっているんだよね。戦前は市川小文治とか新妻四郎とかね。戦後は進藤英太郎のような役者で、見るからに憎々しい悪役と相場が決まっていた。しかし、どうしてもぼくには気の毒な病人としか思えない。そういう人間として芹沢鴨を書いたのはおそらくぼくだけでしょうね。

なぜあっさり投降したのか

新選組というのは、結局、最後は、

「徳川家のために微衷《びちゅう》をつくす……」

ということだけでしょう。薩長連合軍に対してあくまで抵抗したのはそのためなんだ。それをしなければ、徳川幕府二百六十年の歴史は一体何だったのか、わからなくなっちゃうから。

だけど、総大将の徳川慶喜が真っ先に戦場から逃げ出しちゃうんだからどうしようもない。これはやっぱり一橋慶喜が水戸の出だからなんだ。水戸藩というのは光圀以来、勤皇精神のメッカのようなところだし、御三家の一つでありながら将軍家と仲の悪いところですから、慶喜には徳川幕府をあくまでも残すという神経がないんですよ。

それでも慶喜より他に将軍になる人物がいなくなっちゃったからしようがない。一言でいうなら人材不足ということです。人材不足というところに結局、徳川の末路があるわけです。それだけ幕府が衰弱していたんだね。

いかに強大な権力を誇った組織でも、崩壊するときは必ず人材不足です。これはどこの会社でも政界でもみんな同じですよ。だから、徳川幕府と今の自民党とを、よく引き合いに出すんだけど、よく似ているんです。ただ、野党のほうが、当時の勤皇党に匹敵するだけの覇気もなければ力もないから、それで続いているだけなんだ。

勇は、いささかも悪びれず、悠々として、また流山《ながれやま》の本陣へもどって来た。

「歳さん。もう、いかぬぜ」

「え……？」

「どっちみち、勝てないよ」

するとと土方が、

「もう、ここに残っているものは五十人ほどになってしまいましたよ」

「逃足も速いのだなあ、こっちは……」

「さ、われわれも逃げましょう」

「おれが逃げたら、追って来る」

「大丈夫だ。何とかなる」

「おれは逃げないよ」

「何ですと」

「もう、逃げるのはあきあきした」

「勇さん……」

「歳三。万事、ここで終りだ。おれはおれの好きにする。お前も好きにしてくれ」

近藤勇が、するどく、きめつけるようにいい、

「歳さんは、どこまでも戦うつもりなのだろう。それなら早く逃げろ。おれが時をかせぐ」

「あんたに時をかせいでもらいたくなぞ、ない、ない」

土方が、わめいて、勇の腕をつかむと、

「よせ」

勇は、ぱっとこれを振りはらい、

「いまさら、おれの気もちがわからぬお前でもあるまい」

事もなげにいった。


（『近藤勇白書』より）


新選組隊長となり、まるで別人のようになっていた近藤勇が、最後に自分が落魄《らくはく》して首を切られるときには、もとの勇にもどっちゃうんだよ。人間ってそうなんだよ。

人間というのは結局、生まれてから七つ、八つまでの時代をどのように過ごしたかということが、

その本性を左右するんです。特に四つ、五つのころが肝心で、まだ物心がついてないけどその人の一生に全部影響しちゃう。

　その時代に金がなくても家庭が平和で父母が仲むつまじくて、環境のよい場所に住んでいれば、十二、三になって苦労をしても、そうしたのびのびとした本性を失わないわけだ。そりゃ失う人も中にはいるよ。全部が全部とはいいませんよ。

　しかし、七つ八つまでのこの時代が、人間にとって一生決定的な影響を及ぼすことは間違いないんです。たとえば、まだ四つか五つの何もわからないころに父母が離婚したりして、子ども心ながらも苦労をなめていると、それが本性になっちゃうということなんだ。

　ぼくの母も、ぼくが七つのときに離婚をしています。ただ、ぼくは七つのときまで非常に環境がよかったんです。だから、そのときの環境のよさが一生、ぼくについているわけですよ。

　幼年期にいろいろなことで苦労をしている人の場合、そのために性格がゆがむということではなしに、いざというときに暗い本性が出ちゃうわけです。人間の暮らしにはだれでも、いいときもある、悪いときもある。いかに明るい生活ができるような状態にあっても、隠されている暗い本性というものが、やっぱり、いざというときに出るんですね。

　近藤勇の場合を考えると、宮川勝太であった時代は何一つ不自由なく、のびのびと明るい暮らしをしていたでしょう。多摩の田舎で空気はいいし、生活は困らないしね。大金持ちというわけじゃないけど、一応「御料《ごりょう》百姓」なんだから。

　本当の近藤勇というのは、欲のない素直な人間なんです。心があたたかくてね。酒でわれを忘れるということもできない生真面目な性格なんだ。あの顔は酒がなきゃいられないという顔じゃない。飲めばいくらでも飲めるんだけど、あまりうまいとも思わなかったんじゃないか知らん。だから、もっと別の時代に生まれ、一生、町の剣道場の主として暮らせたら、それが一番しあわせだったでしょうね、近藤は。

結局、そういう勇の本性が最後のときに出たということですよ。土方が、まだ逃げられる、最後まで戦おうというのに、近藤は一人だけ、あっさりと投降しちゃうでしょう。それは新選組隊長・近藤勇らしくないというわけだ。だけど、あのときの近藤勇は、もう、本当に人の善《い》い一人の男にもどってしまったんだとぼくは思う。

理屈をいわない教養人

近藤勇の流山での降伏の前後については、はっきりとした資料が残っていない。それで、そこのところはだれも書いたことがないんです。それをぼくは『近藤勇白書』の中で、ぼくなりの想像をめぐらして書いているわけですよ。

いろんな人が、いろんなことをいっている。大久保大和《やまと》と名乗って出たのは、多分、近藤勇とは見破られないだろうと思ったからとかね。近藤はそれほどバカじゃないよ。

ただね、あとになっていろいろというのはやさしいんだ。

われわれが太平洋戦争の末期にした経験から推してみてもそうですが、あのころ、いくら危ないと叫んでみても、戦争の渦中にある国民には通じなかった。戦えばまだ勝てる、もう少しやれば挽回できるかもしれない、そういう気持ちがそのときに生きていた人には強烈にあった。だから完全に負けるといった予測を冷静にやるなんて、あの場面では非常にむずかしいことですよ。

それと同じでね、先の見込みも立たないで、あいつ、あんな愚かなことをしていると、それはあとになってからだから、いえることなんだ。

慶喜が大政奉還を決意する前くらいの時期に、近藤勇は、ある程度、時の流れというものを感じていたんだろうね。土佐の後藤象二郎などに近づいて行って、動乱がおさまったあとのいろんなことを画策していますよ。

そのくらい見えていた近藤だったから、流山で最後の決断を自分に下したんじゃないのかな。ただ、さっきの話じゃないけど、周囲の人間から見れば、どうもそれが不可解だったんだろうね。

近藤勇にとって不運だったのは、降伏したときの、官軍の副隊長格が香川敬三だったってことですよ。これは、もともとは水戸出身で、後に土佐藩の陸援隊へ入った男なんだ。土佐藩では、坂本龍馬と中岡慎太郎を暗殺したのは新選組だと、その当時は信じきっていたからね。本当は新選組がやったことじゃなかったんだけど、事実が明らかになったのはずっと後になってからなんだからね。その憎しみが、待ってましたとばかり近藤に向けられたわけだ。

官軍の隊長だった有馬藤太という人は、香川とは違って勇の風格にすっかり魅せられて、近藤を罪人扱いにしてないんだ。実に立派な人物だから待遇もそれ相応にしてもらいたいと、参謀本部へわざわざ手紙を書いたりしているぐらいですよ。

ところが、この有馬が宇都宮の戦争で重傷をうけて、横浜の病院へ後送されてしまう。その隙に、香川敬三が、ばたばたと事を運んで近藤を死刑にしちゃうんだ。だから、可哀そうですよね、近藤勇は。

ただ、新選組がどうして今日に至ってもなお人の心をとらえるかというと、それは結局、徳川のためにはたらくという初一念を最後までつらぬき通したからでしょうね。そこのところに多くの人びとは共感するんですよ。あっちへついたり、こっちへついたりということはないわけだ。

それにしても死ぬときの近藤勇は立派だね。流山でとらえられたとき、すでに辞世をつくっているでしょう。

孤軍援絶作二俘囚一　顧二-念君恩一涙更流
一片丹衷能殉レ節　睢陽千古是吾儔
靡レ他今日復何言　取レ義捨レ生吾所レ尊
快受電光三尺剣　只将二一死一報二君恩一

［孤軍援《たす》け絶えて俘囚《ふしゅう》と作《な》り　君恩を顧念して涙更に流る
一片の丹衷能《よ》く節に殉じ　睢陽《すいよう》は千古是れ吾が儔《ともがら》
他に靡《なび》きて今日復《ま》た何をか言わん　義を取り生を捨つるは吾が尊ぶ所
快く受く電光三尺の剣　只だ一死を将《も》って君恩に報いん］

いい詩だと思いますね。これだけの辞世を残すんだから、相当な教養人ですよ。自分には学問がないという一種のコンプレックスが近藤にはあって、だから、学のある弁舌の達者な人間には簡単にまいってしまうようなところがあった。だけど、それだけに物凄く勉強したんだ。

これだけの詩をつくり、なかなか立派な字を書くけど、いわゆるインテリふうに何でも頭でだけ考えるというタイプにはならない、そこが近藤の近藤らしいところだね。理屈を絶対にいわない人です。

たとえば伊藤甲子《かし》太郎なんか当時のインテリゲンチアでしょう。だから自分の行動を全部、理屈でもって解決し得る。隊を裏切る、その理由はこうである、と。どんな場合でも自分を正当化することを理論の上でできるのがインテリゲンチアですね。もちろん全部じゃありませんが、これはインテリの一つの特徴ですよ。たとえていえば、ひどいことをして女を捨てた場合でも、自分を正当化して自分を納得させる理論というものを必ずつくり出すんだ。

近藤勇には、そういうところがない。そこが好きですね、ぼくは。人間、理屈をいったらだめなんです。夫婦の間でもね。人間という生きものは、元来、矛盾の塊なんだから、理屈じゃ何も解決できない。そのことをよくよく肝に銘じておかないとね。

だけど、現代《いま》は何もかも理屈で割り切る時代になっちゃった。これから世の中は悪くなる一方ですよ。いずれ遠からず破局が来るよ。江戸末期と現代と似ているんじゃないかという人もあるけど、まだ江戸の末期のほうが望みがあった。幕末維新の動乱といっても、あれは本質的に政権争いに過ぎない。一般の国民たちには関係ないんだから。

それに、幕末には、近代国家に生まれ変わる、暮らしがよくなるという希望があったわけでしょう。事実、よくなってきている部分もあるわけだよ。今はそれがまったくないんだから。今は日本人だけがしっかりしたってだめなんだからね。これからどうなるのか……いまのままで行けば、日本も世界も、絶望という以外にないね、ぼくはそう思いますね。

（「ザ・マン」一九八一・十・五）

九年の歳月　大河小説「真田太平記」の連載を終えて

九年前に、伊那の高遠《たかとお》城址から伊那谷のあたりを何日も旅して、真田太平記の書き出しが決まったのは、向井佐平次という男が脳裡に浮かびあがってきてくれたからだ。

そのときは、編集部からの「なるべく長いものを……」という依頼があったので、真田太平記は約三年ほどで完結させるつもりでいた。

それが、九年もの長い連載となってしまったのは、ひとえに読者諸賢が好意をもって読みつづけて下すったおかげである。

また、私のおもうままに書きつづけさせてくれた編集部にも、そして長期にわたり、挿画を担当された風間完氏にも感謝している。

このように長い連載をやるときは、かまえて気負わぬようにしているので、病気で休むこともなく無事に完結できたのは、何よりのことであった。

むしろ、以前の私よりも体調はよくなっているが、来年は還暦を迎えるというわけで、スタミナは九年前におよばない。このような、長期にわたる連載小説は、私にとって真田太平記が最初で最後のものとなるだろう。まるで、一夜の夢のごとき九年の歳月であった。

さて……。

新領主として松代へ移った真田伊豆守信之は、何と九十三歳の長寿をたもち、松代の隠居所で息を引きとった。

ときに、万治元年（西暦一六五八）十月十七日の夜半である。

むろんのことに、将軍秀忠も世を去り、その後の三代将軍・徳川家光も歿し、四代将軍・家綱の時代となっていた。

二代将軍の秀忠には疎《うと》まれた真田信之だが、三代将軍の家光は、

「豆州は天下の宝である」

などといい、信之の隠居願を、なかなかゆるさなかったといわれている。

それもあろうが、信之にとって不運だったのは、長男の河内守信吉が父に先立ち、寛永十一［一六三五］年に疱瘡《ほうそう》［天然痘］を病んで急死したことであったろう。

そこで沼田領は、信吉の子の熊之助が継いだのだが、これまた、間もなく病死してしまった。

仕方もなく、信之は次男の信政に二万石をあたえて沼田城主とし、三男・信重に一万石を分けあたえた。

真田太平記連載中は煩雑を避けて、登場させなかった真田信重であるが、これまた父・信之に先立って急死をしている。この信重という人物は、樋口角兵衛そこのけの大力で、五寸釘を打ち込む

のに金槌も使わず、親指で柱へ押し込んでしまったそうな。

伊豆守信之は、明暦三〔一六五七〕年になって、ようやく隠居願をゆるされたので、松代城の北方一里のところにある柴村に隠居所を構え、一当斎と号した。

このため、松代十万石を次男・信政へゆずりわたし、沼田領三万石は、故信吉の次男・伊賀守信利へあたえた。

これで、

「ようやく、気楽になれたわ」

と、信之は鈴木右近（これまた長命である）へ洩らしたのも、束の間のことであった。

翌明暦四年、父の跡を継いだばかりの真田信政が中風を発し、二月五日に、六十二歳で世を去ってしまった。

信政には、側妾《そばめ》に生ませた右衛門佐《うえもんのすけ》という男子がいたけれども、満一歳の赤子にすぎない。まだ、幕府へも届けていなかったし、将軍の引見を得て、相続をゆるされたわけでもない。

このため、真田家に騒動が起るのである。

すなわち、分家の沼田城主・真田信利が、幕府大老の酒井忠清の応援を得て、本家の主となるための運動を開始し、家臣たちも二つに割れ、幕府の圧力によって、真田本家が危うく分家のものになろうとした。

九十を越えた、一当斎・真田信之が重い腰をあげて、幕府と分家とを相手に立ち向かったいきさつを、すでに、私は〔錯乱〕と〔獅子〕の二篇に書いているので、このたびの太平記には重複を避けた。

激しい暗闘と謀略がつづいた後、信之は、ついに勝ち、本家を孫の右衛門佐にゆずりわたすことを得た。

しかし、さすがに九十余の老体にはこたえたのであろう。

改元の事あって万治元年となった、この年に世を去ったのである。

一当斎・真田信之の葬儀は、約一ヵ月後にいとなまれた。

十六名の家臣が、信之の棺を担いだが、その中に八十五歳の鈴木右近忠重も入っていた。

右近忠重は、翌々日の朝、松代城外の西条村にある法泉寺の境内で切腹をし、信之の後を追った。

殉死というよりも、真田信之と一心同体の鈴木右近であってみれば、信之の死は、

「自分《おのれ》の死、そのもの……」

であったにちがいない。

真田幸村と向井佐平次のごとく、真田信之と鈴木右近の間柄も、まさに宿縁と申すべきであろう。

真田信之は、松代へ移ってから、女色のほうにもおとろえを見せず、女たちに生ませた隠し子も何人かいるらしい。

信之亡き後の真田家は、解決のむずかしい御家騒動や、非常の天災に見舞われたりしたが、そのたびに人材が出て切りぬけ、ついに明治維新まで、松代十万石をまもり通した。

明治五〔一八七二〕年に、新政府の命令によって廃城となったとき、朝旨を奉じて松代城を請け取りに来たのが、当時は陸軍少佐だった乃木希典であった。

私には、長・短篇を合わせて、真田家に素材を得た小説が多い。

それというのは、そもそも三十年ほど前に、はじめて時代小説を書いたとき、真田家の宝暦年間〔一七五一―六四〕の御家騒動を背景に、家老・恩田民親《たみちか》を主人公にえらんだのが始まりで、このときに江戸時代の制度・風俗・経済などの勉強をみっしりとやったことにより、つぎからつぎへ、素材が発見できたからだ。

信州の松代、上田あたりへ、数え切れぬほどに足を運び、親しい知友も得た。

そうしたこともあって、三年ほど前に、別所温泉の町湯の前に〔真田幸村公・隠しの湯〕の石碑が建てられ、文字は私が書いた。これも、たのしいおもい出になっている。

この〔隠し湯〕へ、幸村や佐平次と共に入浴した草の者〔忍者〕、お江《こう》の其の後については、私も知らぬ。

おそらく、彼女のことだから、相当の長寿を保ったろうが、何といっても、その点においては、真田信之にかなわなかったのではあるまいか。

さて……。

真田昌幸と、お徳の間に生まれた於菊を妻にした滝川三九郎一績《かずあつ》が、その後、どのような生涯を終えたかを記しておきたい。

滝川三九郎は、関ヶ原戦の前後に、真田信之の腹ちがいの妹を妻に迎えたばかりでなく、大坂戦後は真田幸村の二人のむすめ・梅とあぐりを養女とした。

そして、伊達家の家老・片倉小十郎へ嫁がせ、あぐりを、伊予の松山の城主、松平忠知《ただちか》の重臣で蒲生源左衛門の息・郷喜《さとよし》へ嫁がせたのである。

真田伊豆守信之は、滝川三九郎を、

「わが家の恩人である」

と、いって、はばからなかった。

それにしても、妹の於菊が三九郎の実子を生めなかったことについて、信之は、

（申しわけもない……）

おもいつづけていたわけだが、おどろくべし、五十をこえてからの滝川三九郎が、四十をこえた妻の於菊に男子を生ませたのである。

四十をこえての初産にもかかわらず、於菊は肥えた躰からやすやすと我が子を生んだ。この子の名を豊之助《とよのすけ》という。

「一生の間には、奇妙なことが起きるものじゃな」

物に動じたことのない三九郎も、このときばかりは瞠目をした。

こうして、

「わしは、一代で、わが家をつぶしてもかまわぬ」

常々、そういっていた滝川三九郎に、立派な後つぎができたわけだが、これで三九郎の運命が落ちついたことにはならなかった。

数年後に、滝川三九郎は豊後（大分県）にある幕府の領地を見廻る巡見使として、九州へおもむ

き、無事に役目を終えた。

その帰途に、三九郎一績は、ふと、おもい立って、蒲生家に嫁いでいる養女あぐりの、その後の様子を見るため、海をわたって四国入り、松山城下の蒲生家へ立ち寄った。

「よう、おこし下された」

と、蒲生家では、滝川三九郎を歓迎してくれたし、あぐりも男の子二人を生んで、幸福そのものだ。

「よかった。よかったのう」

三九郎も安心をして、二夜を蒲生家にすごしてから、江戸へもどった。

このとき、三九郎はあぐりにも、蒲生家に対しても、あぐりの実父・真田幸村については一言も口に出さず、自分があぐりの実父そのものの態度で終始したという。

ところで……。

翌年の秋になって突然に、幕府が、滝川三九郎へ罪をあたえ、身分も知行も取りあげ、屋敷を没収してしまった。

その罪とは何か。

一は、いまになって、三九郎が、徳川家の敵である故幸村のむすめを養育し、これを蒲生家へ嫁がせたのは、将軍と幕府をはばからぬ、けしからぬ仕わざである。

一は、三九郎が去年、幕府の御役目によって九州へおもむいたにもかかわらず、伊予の松山へ立ち寄り、幸村のむすめの嫁ぎ先へ立ち寄り、種々のもてなしをうけた。これは公私混同のふるまいで、不謹慎きわまる。

この罪状を、幕府の目付がやって来て申しわたしたとき、滝川三九郎は腹を抱えて笑いたくなるのを、やっとのおもいで堪《こら》えたのである。

あまりにも莫迦々々《ばかばか》しくて、怒る気にもなれぬ。

(このような幕府に仕えていたところで仕方がない。改易《かいえき》にされてよかったわい)

このことであった。

この一件は、松平家の重臣間の勢力あらそいが原因だったらしい。

あぐりの義父・蒲生源左衛門をおとしいれるために、福西・関の二重臣が、

「滝川三九郎殿が密かに蒲生家へ立ち寄り、二夜にわたって、何やら密議をおこなったようでござる」

などと、幕府へ告げ口をした。

これを、ろくに調べもせず、とりあげた幕府も幕府だ。

滝川三九郎は妻の於菊と、息・豊之助を連れ、江戸を発って京都へ向かった。

こうなれば、滝川三九郎を見捨てておくような真田信之ではない。

伊豆守信之は、

「三九郎殿に、いささかの不自由もさせてはならぬ」

すぐさま、手をまわし、京都へあらわれた滝川三九郎を真田家の京都屋敷へ迎え、やがて、小ぢんまりとした邸宅を新築し、三九郎へ贈った。

例によって三九郎一績は、こだわることなく、

「かたじけのうござる」

淡々と、しかも、うれしげに真田信之の好意を受けた。

むかしから、川に水のながれるように、おのれの環境に逆らうことなく、それでいて、自分を捨てたことがない三九郎であった。

滝川三九郎は、明暦元〔一六五五〕年五月二十六日の夕暮れに、老妻の於菊へ、

「東の間の一生にしては、いささか長すぎたようじゃが、いまこそ三九郎一績、天地の塵《ちり》となるぞよ」

こういって、安らかに息を引きとったという。私も、このように死にたいものだが、到底、三九郎のまねはできない。

三九郎の死後、三年を経てから真田信之が歿し、於菊は寛文六〔一六六六〕年五月十三日に、八十四歳で世を去った。

それはさておいて……。

徳川幕府も、滝川三九郎へむりやりに罪を着せたことについては、忸怩《じくじ》たるおもいがあったらしい。

於菊が亡くなる三年ほど前のことだが、急に三九郎の子の豊之助を召し出して、

「三百石をあたえるから、家名を再興せよ」

と、いってよこしたものだ。

豊之助は、

「いまさら、何のことだ。呆れて物もいえぬ」

と、乗り気ではなかった。

すると、母の於菊が、

「のう、豊之助。亡き父上は、おのれの運命《さだめ》に逆らわぬお方であった。いま、そなたが召し出されても、そなたの心が変わるわけではない」

「はい」

「ま、江戸へ出て暮らすのも、おもしろかろう。御公儀に逆らってみてもつまらぬ。逆らい甲斐もない相手ゆえ、な」

「いかさま」

「母は、京で一生を終えるゆえ、心にかけず、江戸へまいるがよい」

そこで、豊之助は江戸へもどり、再び幕臣となって、亡父の名をも継ぎ、滝川三九郎一明《かずあき》となった。


真田太平記の連載が終わったので、今年の暮れの書斎の大掃除では、机のまわりが大分に片づくことだろう。

来年は、これまでにくらべて暇もできて、かねがね、たのしみにしていたことへ手が出せるかも知れない。

ほんとうに長い間、この小説を読んで下すった人びとに、あらためて御礼を申しあげたい。ありがとうございました。

（「週刊朝日」一九八二・十二・十七）

Ⅲ

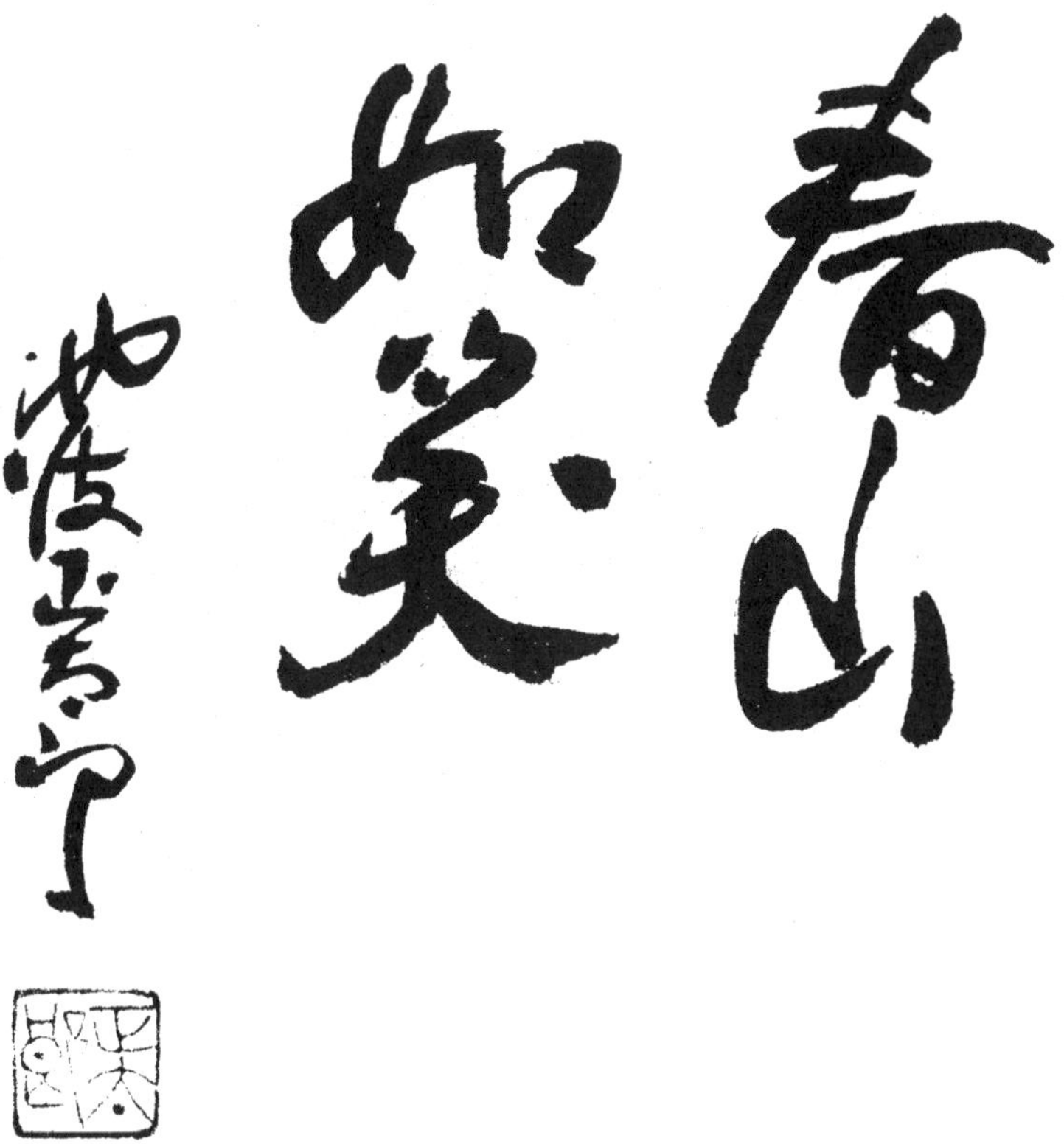

「波」1982年5月号表紙より

春山如笑《しゅんざんわらうがごとし》……宋代の画家郭熙《かくき》が四季の山をうたった詩の冒頭「春山淡冶而如笑」（春山淡冶《たんや》にして笑うが如く）より。淡冶とは、うっすらと艶《なまめ》かしいさま。

三波伸介　ホンモノの芸人

三波伸介という名に私は、何とない郷愁を感じる。
彼の生まれたのは本郷、私は浅草である。厳密にいえば山の手と下町の違いはあるのだが気持ちの上では近い何かがあるのだろう。

いま彼は、司会だけでも五本のレギュラー番組をもっているそうだ。私にはとてもその全部を見る暇はないが、「お笑いオンステージ」〔一九七二―八二〕の〝減点パパ？〟だけは、時間の許す限り見るようにしている。玄人はだしの画才と子供を扱う腕の冴えは抜群だ。もし私に小さい子供がいたら、頼みこんでも出演して大きな○と×をもらい、見事な減点パパぶりを発揮していただろう。父親への郷愁である。

歌やショー番組の司会には、若いタレント相手に、頼もしいおやじの顔を演じている。時にカミナリおやじの場合もあるらしいが、「なんだお前、それでも男か！」と、どなられるのを承知の上で、若ものたちは集まってくるのではなかろうか。別に親分肌というのではない。そういう時の彼は、強いていうなら、ブラウン管いっぱいに表現しているCMの、あの雰囲気である。つまり、なつかしいせんべいの味と、ピリリとした緊張感が舌にしみる酢の味と、ほろ苦い白髪染めの効果と、いろいろまざり合った奇妙な味が、子供から老人までを引きつけているのだと思う。私が彼にいちばん魅力を感じる理由も、実は、多彩というか、この引き出しの豊富さにあるのである。素顔の彼とは一度も会っていない。私の書いた「鬼平犯科帳」に出てくれたことがある。たしか「鬼坊主の花」という題で、四十五〔一九七〇〕年五月の放映、第二十三話だったと記憶している。このテレビ時代劇の中で彼は、鬼坊主と呼ばれる兇賊の頭に扮していた。てんぷくトリオがそろっての出演で、背高のっぽの戸塚睦夫もまだ元気だった。

押し出しも面がまえも堂々？　たるもので、スゴ味満点の悪党ぶりであったが、この時も、原作者と出演者というだけの関係で、私が彼に会ったのは、わが家の茶の間であった。

そんなわけで縁こそ薄かったが、彼のことはそのずっと以前から知っていた。だから誰が好きか？　と聞かれて、間髪を入れずその名が出たのである。

彼の最大の魅力は、キャラクターとしての引き出しの豊富さにあるといったが、一見たやすそうに見えて、実は容易な業ではないのである。私も時代小説を書いて久しいが、時代、背景、人物……何十、何百の引き出しを持ちたいといつも念じつづけてきた。それだけにこの至難な業をよく知っている。しかしそのむずかしさを乗り切ることが、エンターテイナーたるものの役目なのである。

もともとエンターテイナーとは、長い生命を持続しなければ本物とはいえない。演技者として長つづきすることが第一条件なのである。六十歳、七十歳になっても〝自分の芸〟を誇り、〝これがオレの芸〟だといえる、〝売りものの芸〟をもっていなければ本当の芸人とはいえないという意味である。その上、芸にはもう一つ、〝人間性〟という条件がものをいう。つまり、芸人というものは芸のほかに、人柄の魅力によって他人を励まし、喜ばせることができなくてはならない。こんな〝ホンモノの芸人〟は数少ない。

たとえば、エノケンだ。若いときの人気を死ぬまで持ちつづけた稀有の芸人といっていい。エソのために足を切るという悲劇に遭遇しながら、見事に再起した。この再起が多くの人々に無言の励ましと、生きる勇気を与えたのだ。だれでも足を切れば名優というわけではない。しかしコミカルな動きと歌を生命とした役者が、舞台での行動を禁じられたらどうなるか。奈落の底に落ちこむような絶望と落胆の末に、舞台人としての存在価値を失っても不思議ではない。再起という言葉には、健康人には想像もつかない精神が裏打ちされているはずなのだ。その苦労を表に出さず、どん底からはい上がったエノケンに、大向こうが拍手をおくったのは当然の理といえる。

もう一人、たとえば、フレッド・アステアだ。ダンスの名手で、三〇年代を代表するミュージカル映画の大スターである。四十代後半に一度、引退を表明したが、「イースター・パレード」に出演中、くるぶしをいためたジーン・ケリーの代役で銀幕にカムバックし、その後は渋い演技派としても脚光を浴びた。私の好きな映画俳優の一人で、アステアの作品は欠かさず見ている。一八九九年生まれというからことし七十も後半。近く封切られるスペクタクル映画「タワーリング・インフェルノ」に、保険会社の偽セールスマン役で出演しているが、長い階段を一気にかけ上り、とても七十歳を越した人とは思えない。この役で彼は、一九七五年のアカデミー賞助演男優賞にノミネートされた。この演技力と年齢を感じさせない元気さでアステアは、大衆を励まし、楽しませているのである。

わが三波伸介は、エノケンのような、〝本当の芸人〟になれる人だと、私は思っている。

演出家志望の少年時代から喜劇の世界に入って、もう三十年だそうである。てんぷくトリオを結成してテレビに出るまでの間、いろいろの劇団を転々としてずいぶん苦労をしたらしい。浅香光代一座で立ち回りの助っ人をしたり、フランス座でヌードショーの幕間を埋めていたこともあったと聞いた。その長い下積み時代に鍛えられた実力が豊富な知識の引き出しづくりに役立っているのだろう。

それにしても最近、気になるのは忙しすぎるのではないか、という点である。たまには私の書く芝居にも出てもらいたいと思うが、人気ものの彼のスケジュールは満杯だろうし、ギャラも高いだろう。ひいきのひきたおしはしたくないが、多すぎる仕事の量が、老婆心ながら気がかりなだけなのである。

（談「TVファン」一九七四／『わが愛する芸人《たれんと》たち』北洋社　一九七七・七）

田中冬二の世界

少年のころ、叔父の書架にあった〔山鴫《やましぎ》〕という詩集を何気なく手にとって見た。そのとき、私は初めて、田中冬二《ふゆじ》〔一八九四―一九八〇〕の詩に接したのだった。

ほとんど正方形の函入りで、函は和紙をつかい、本の表紙は淡い灰色とブルーの市松模様だったようにおぼえている。

私は、たちまちに魅了され、間もなく、はたらきに出てから神田の古書店で〔青い夜道〕や〔海の見える石段〕を買いもとめた。もちろん〔山鴫〕も自分用に買って、

「お前、田中冬二がわかるのかい」

と、叔父に冷やかされた。

私は、十三歳だった。

十三だろうが、少年だろうが、田中冬二の詩がわからないような義務教育を受けたおぼえはない。

田中冬二の詩は、だれにでもわかる。

ただ、その美しい叙情の世界に潜む田中氏の、人生に対する誠実と謙譲の姿が、当時の私には、さすがに看てとれなかった。

それにしても、田中冬二の詩がうたいあげた日本という国は、何とすばらしかったろう。

たとえば〔海の見える石段〕の中の〔法師温泉〕では、先ず「山の向うは越後である／この山の湯に　味噌も醤油も魚も越後からくるのである」と、うたい、欅《けやき》や檜《ひのき》材をつかった古風な湯宿《ゆのやど》の夜、山が軒いっぱいにせまってきて、

「空が水のようにうすしろくみえ／座敷座敷には赤いへりとりの紙笠を著《き》たランプがともる」

と、ある。

私は、すぐさま、法師温泉という〔山の湯の宿〕へ飛んで行った。

いまは、変ってしまったろうが、当時の法師温泉は、まったく田中冬二の詩そのもので、田中氏が、

「谷の水をひいた厨《くりや》の生簀《いけす》に、鯉がはねました」

とある情景そのものだった。

その鯉の洗いが夕餉《ゆうげ》の膳にのぼり、せまい谷間《たにあい》の空いちめんに煌《きらめ》く星屑は、いつまで見ても飽きなかった。

深夜、ランプの芯を細めてから、ふとんの中へもぐり込むと、番頭が、火の用心の拍子木をゆっくりと打ちながら廊下をわたってくる。

私は、たちまちに法師温泉の擒《とりこ》になってしまい、暇ができると出かけて行った。そればかりでな

く、田中氏の詩にしたがって、信州の諸方や飛驒を歩いた。

後に、小説を書くようになってからの私が、信州を背景にした素材を、われ知らず探って行くようになったのも、むかしの信州の旅が頭にこびりついて、はなれない所為《せい》かも知れなかった。

戦後、ことに近年の詩壇は、やたらに難渋な語彙をもてあそんでいて、少しも感興をそそられず、たとえば〔日本詩人全集〕のようなものが編まれるとき、田中冬二は、いつも敬遠されてしまい、私はおもしろくなかった。

田中冬二がうたいあげた日本と、その風景が、いまは環境の激変により、かえって難解なものになってしまったのだろうか。ふしぎなことではある。

田中氏は銀行員として、つつましく、しかも誠実に仕事をしつつ、詩を発表しつづけ、しずかに世を去った。

ところが、このたび筑摩書房から〔田中冬二全集〕三巻が刊行されることになり、その一巻が出たので手に入れ、おもうさまにたのしんだ。

田中氏が生きておられたら、この全集を、どんなによろこばれたろう。

また、故三島由紀夫氏〔一九二五―七〇〕が存命ならば、さぞ満足のおもいをしたにちがいない。三島氏も田中冬二の詩を愛してやまぬ人だった。

（『田中冬二詩集』思潮社　一九八八・六）

こころの平和の源泉

日本が世界に誇ってよい落語という〔話芸〕は、日本人の、こころの平和の源泉であるといってよい。けわしくなってきた現代の世相に、この〔落語百選〕が果たす役目は、まことに大きい。

（『落語百選　冬』麻生芳伸編　金原亭馬生絵　三省堂　一九七五・十二）

闘う城

十五、六年ほど前に、伏見・桃山城が復元された。完成してみると、これが鉄筋コンクリート造りの、いかにも観光用の城になってしまい、がっかりしたものだ「伏見桃山城キャッスルランドという遊園地のアトラクションとして一九六四年に復元。二〇〇三年の閉園後は京都市の管理となり、伏見桃山城運動公園として整備されたが、天守は耐震強度不足で立入禁止」。

ところが……。

その後、京都のステーション・ホテルに泊った朝、ふと、窓から南の方を眺めると、遠く彼方の山脈の端に、伏見城の天守閣が望見されるではないか。

この眺めは、時代小説を書いている私にとって、ことさら感懐をさそわれるものだった。

「京都から、伏見城の天守が見える……」

このことは、はるかむかしの世の、京の都からの眺望をよみがえらせたことになる。

それからも、京都市中のおもいがけぬ場所から伏見城の天守を見ることができた。

山崎のあたりを自動車で通っていて、東方の平野の彼方に見たこともある。

こうなると、観光用の城も、

「まんざらではない……」

ことになる。

戦国と封建の世の象徴ともいうべき諸方の城だけは、その歴史の重味が破壊的な現代と懸命に闘っている。

城がある地域だけは、高層建築や工場も侵入してこない。城があるから風致地区として残され、公園もあり、樹木もあり、空もひろい。

それでも、一部の政治家や文化人が、

「皇居を潰して道路をつくれ」

などといい出す世の中だから、まったく油断はできぬ。

川だの、丘だの、木立だのは、みんな叩き潰され、埋めつくされ、高速道路や、氾濫する自動車の群れに攻め落されてしまった。

その中で、戦国の世の武将たちが築いた城だけが、いまだに、必死で、破壊文明を相手に防ぎ闘っているようにも見える。

しかし、大坂の陣ではないが、外濠も内濠も埋め立てられ、天守閣のみが〔敵〕を防いでいる感じでもある。


（『日本名城大図鑑』新人物往来社　一九七八・七）

田舎に限るよ、旅は

数年前、ジャン・ギャバンの回想を中心にした映画の本をまとめるために、初めてフランスへ行った。そのときの印象が悪くなかったから、行けるものならまた行きたいなと思っていた。ぼくは昔から、

（こうしたい……）

と、念じていると、そのうちに自然と実現するんですよ。一種の念力だね（笑）。

で、その後、二度、フランスへ行くことになった。一度は南仏からスペインまで足をのばしたし、二度目はロワール渓谷ぞいにシャトーを見てまわって、ブルターニュのほうまで行ってきた。都合三度の旅行でフランス全体の三分の二ぐらいはまわったことになる。

今年もまた出かけるんだよ。今度は、パリから最初ベルギーをのぞいて、シャンパーニュのあたりをぶらぶらして来ようと思っている。ナンシーなんかいいんじゃないかなと楽しみにしているんだ。

旅行というと、それもフランスと聞くと、たいていの人は、

「フランス料理の食べ歩きですか。いいですねえ……」

と、いうんだよ。

だけど、ぼくの場合は、食べ歩きが目的じゃない。フランスの田舎というのは本当にいいんだよ。のんびりしていてね。国が広くてその割りに人間が少ないでしょう。基本的に農業国なんだ。国中が畑と牧場ですよ。パリの繁華街だけを歩いていたのでは、フランスという国の本当の顔はわからないと思いますね。パリはフランスじゃないんだよ、極端ないいかたをすれば。あれは「パリ」というもう一つの国なんだ。

それで、そういう田舎のいい空気を吸って、ぼんやりと時間を忘れているだけでいいんだよ、ぼくは。観光案内にのっている名所をまめに見るということもしない。

だから、不意に思いついて、名もない田舎の村はずれで、ありあわせのハムやピクルスを肴にビールを飲んでいるときがいちばん楽しいね。

パリでレンタカーを借りて、それで田舎町を走りまわるわけだ。通訳係の若い友人S君と、運転手兼カメラマンをつとめてくれるY君と、三人でね。そうすると、

(こんなところで弁当をつかって、昼寝でもしたら、さぞいい気持ちだろうなあ……)

と、思えるような場所が、いたるところにあるんだよ。川があり、池があり、涼しげな木陰があり、でね。見ると、川には大きな鱒が泳いでいたりする。

どんな小さな村でも、一軒は食堂やちょっとした売店はあるから、そういうところでビールやジ

ュース、ミネラルウォーター、それにサンドイッチなんかを買い込む。そうして適当な場所を見つけてピクニックと洒落るわけです。

向こうのサンドイッチというのは、薄切りのやわらかいパンで挟んであるんじゃない。あの固いフランスパンを長いまま使うんだよ。ぼくなんか一つ全部は食べ切れないぐらいだね。パンもうまいし、ハムもうまいし、パリの高級レストランなんかへ行かなくても、楽しいですよ、本当に。

アゼー・ル・リドー［十六世紀建造の城］。ロワール河の支流の一つ、アンドル川のほとりだった。小さいけれども優美な、ルネッサンス美術の粋を集めたというシャトーがあって、それを見ようかというので行ったら、ちょうど昼休みで閉まっていたわけだ。それで、さっそくピクニックということになった。変な話だが全然、金がかからないよ、こういうスタイルで旅をしていたら（笑）。

金を使うところがないんだからね、フランスの田舎めぐりをしている限りは。昼飯代はほとんどかからないし、宿も安いですよ、日本と比べたらね。シャトー・ホテルという古い荘館や、農家をそのままホテルにしたところへ、もっぱら泊まった。外観は古色蒼然としているけど、バスルームでも何でも最新式の設備がととのっている。清潔で、快適で、ああいうホテルがいちばんいいねえ。

それに、はたらいている人たちが、実にいい。すれていなくてね。パリは近頃、ニューヨークなみにこわいところになったと聞くけど、フランスの田舎では何の心配もない。やっぱり田舎に限るよ、旅は。


（談「Winds」一九八二・七　日本航空機内誌）

『回想のジャン・ギャバン　フランス映画の旅』付言

私と映画との〔つき合い〕も、はや四十年を越える。これなくして今日の、小説家としての私はなかった、ともいえる。殊に、ジャン・ギャバンをはじめとする名優たちが演じたフランス映画は、人生の奥深さを教えてくれた。また私は、映画を通して、世界のさまざまの土地を知った。今度、機会を得て、かねて知ったフランス各地を実際に訪ねてきた。

（自著カバー裏のことば『回想のジャン・ギャバン　フランス映画の旅』平凡社カラー新書　一九七七・十二）

もう一度見たい映画は？

――もう一度見たい映画は？　外国映画と日本映画を一本ずつあげて下さい。

「〈商船テナシティ〉［一九三四／フランス］。何度も見ているが青春時代の思い出がからまっているので。〈侍ニッポン〉［一九三一／日活］。大河内伝次郎をもう一度見たい」

――洋画邦画でお好きな俳優を男女それぞれ教えてください。

「ハンフリー・ボガート。都会っ児の神経が通じあう。ジーン・アーサー。女優はナヨナヨしたのが嫌いで、彼女の役柄は物事を男っぽく考えて行動するのが多くていい。大河内伝次郎。非常にうまい。伏見直江。ジーン・アーサーと同じ理由で」

――もしあなたが映画を作るとしたらどんな題材を選びますか？

「うんとお金をかけて戦国時代の大スペクタクルものをやりたい。私の作品で〈蝶の戦記〉。これは合戦の場面がたくさんあるから」

（インタビュー「今月の3人　12月は映画　質問と絵＝和田誠」「小説新潮」一九七三・十二）

弁士の名調子に酔う

六つか七つの頃から、母親に連れられて、見に行っていた。昔の下町の人達は、週一度映画に行くのを楽しみにしてたし、娯楽といえばそんなものしかなかった。十歳ぐらいになると、毎週ひとりで見に行ったものだ。

弁士の名調子を聞くのが楽しみで、浅草で新興キネマを上映する電気館の鈴木梅竜、二番館だけど鳥越キネマには、田辺恵なんていう名人がいて、私はよく通った。当時、監督より弁士の方が力のある例もあって、スターなんかより給料も沢山もらうのがいた。月給で小さな家が建つくらい、というから大したものだ。

役者の中では、大河内伝次郎が素晴らしかった。いま見直しても唸らされる。

例えば、彼が二十八歳のときに演じた井伊大老などは［「建国史　尊王攘夷」一九二七］、大老そのものに、なりきっていた。役を完全に消化して、自分のものにしてしまう。「丹下左膳」や「大岡政談」もよかった。

むろん他のスターにも、それぞれ実力を備えた人がいた。阪妻〔阪東妻三郎〕なら「雄呂血」、〔片岡〕千恵蔵なら「弥太郎笠」、嵐寛〔嵐寛寿郎〕だと「抱寝《だきね》の長脇差《ながどす》」などなど。

トーキーになってからだと、〔市川〕右太衛門の「大村益次郎」、林長二郎（長谷川一夫）の「雪之丞変化《へんげ》」もよかった。

チャンバラがなぜ面白いかとたずねられても答えようがないが、単純にスカッとするところが魅力、とでもいおうか。それと役者が汗を流しながらやっているのもいい。

昔のチャンバラ映画には、説得力もあった。人を斬るにしても、その必然性がちゃんと設定されていた。それが今は、バタバタ殺し過ぎで、血もポタポタ流す、クソ・リアリズム。だから女のお客が減ったのではないか。

それに、まるで僕らが石でも投げるように、遊び半分では斬れないはずだ。肝心のところの迫真性がない。

時代考証しかり。家老が大小を差したまま坐ったり、桜並木の下を通って玄関を上がると、菊の花が活けてあったり。

その点、伊藤大輔〔「大岡政談」〕や山中貞雄〔「丹下左膳」「抱寝の長脇差」〕の撮ったものには、時代考証がゆきわたっていて、そんな無茶なことはなかった。

いまの俳優で、大河内に匹敵するような人はいないが、高橋英樹に期待している。

（談　「思い出のチャンバラ映画」「大殺陣　週刊サンケイ臨時増刊　日本映画80周年記念号　チャンバラ映画特集」一九七六・十一・八）

『ブルグ劇場』封切のころ

ヴィリー・フォルスト監督の『ブルグ劇場』［一九三六 オーストリア］が、東京で封切られたのは、昭和十四年［一九三九］の秋で、私は浅草の大勝館で観た。

すでに『未完成交響楽』をはじめとして、フォルストの映画の、それは、まるで六代目・菊五郎や先代［初代］・吉右衛門が演じる二枚目狂言を観ているような陶酔感に恍惚となっていた私だったから、この『ブルグ劇場』の、さらに舞台のドラマ・ツルギーを活用し、映画として消化しつくしたフォルストの腕前に感嘆したのはいうまでもない。

老年に達した舞台の名優が、生涯にただ一度、仕立屋の若い娘に抱く激しい恋情と失意のドラマは、今度、再見して、その演出の妙味を充分に味わうことができた。

だが、およそ四十年前の当時、若かった私たちの身には、遠からず戦場へ出て行かねばならぬ宿命が確定的であった。

（戦争が終わってみなければ、生きているか死んでいるか、それさえもわからない……）

と、おもえば、当然、自分の将来を展望することもできぬ。

（ああ、このつぎにフォルストの映画が観られるのは、いつのことだろう）

と、おもった。

そして、オーストリアの国立劇場の内部へ、裏面の描写へせまるフォルストの、あまりの巧妙さに、

（もしも、戦争に生き残れて、平和な時代が来て、自分が芝居の作者になれたら、どんなにいいだろう）

おもわず、夢想したものだった。幼少のころから芝居と映画の魅力にひたりこんでしまっていた私だったが、まさかに、その、はかない夢が現実のものになろうとはおもえなかった。中国との戦争は、いつ果てるとも知れず、太平洋戦争は目前にせまっていたのである。

しかし、そのときから十二年後に、私は大劇場の作者としてデビューすることができた。

その後、ずっと芝居の世界に生きてきて、いまも時折は舞台へ帰る私だが、こうして、四十年ぶりに『ブルグ劇場』を観ると、舞台をはなれて映画へ転じた当時のヴィリー・フォルストの、切っても切れぬ芝居の世界への執着が、しみじみとわかるようなおもいがする。

去年は『たそがれの維納《ウィーン》』も再見したが、そのときは陶酔をこえて、私の全身は総毛立った。

これからの乾いた時代は、もう決して、フォルストのような監督を生み出さないだろう。


（『東和の半世紀　50 years of TOWA：1928-1978』東宝東和株式会社　一九七八・四）

一枚の〝手札写真〟に捺された我らがキタ・セクスアリス　プロマイド座談会〈戦前編〉

――古谷綱正（一九一二―八九　ジャーナリスト、ニュースキャスター）、白井佳夫（一九三二―　映画評論家）と

妖艶さよりも清楚さに人気

白井　昭和七年［一九三二］生まれの僕としては、神話の時代の話をうかがうという感が多少はあるのですが、お二人が映画に興味を持たれたころは、プロマイドはもう、どんどん買われる時代だったのですか。

古谷　僕が映画を見だしたのは、大震災のあと、大正十三年［一九二四］ごろでしたが、僕の姉なんか一生懸命に買ってきて、ためこんでは、時々とり出しては眺めてました。ヴァレンチノ［ルドルフ］が何枚、バーセルメス（リチャード）が何枚とか言って……。いま、トランプを売っているような店が、当時はどこでもプロマイドを売っていましたから。

池波　いま思い出すと、母に連れられて、ずいぶん古いサイレントを見てますね。ジャネット・ゲイナーの「第七天国」（一九二七）なんて覚えているもの。僕自身もどんどん買ったねえ。小学校出て、株屋に働きに出たころからですよ。最初はなんといってもゲイリー・クーパーだった。僕は割

に渋好みだから。それに女では、ジーン・アーサーなんか。

古谷　僕は姉ほどじゃなかったが、それでもメアリー・ブライアンなんてのは好きだった。白井さん知ってますか。

白井　知らない、知らない。

池波　現代はちがいますけど、戦前の日本の男の好みは、やはり「清楚な女」が基準ですから、たいした映画にも出ていないジーン・パーカーなんてのがものすごく売れてました。

古谷　妖婦役をやるような人は、芸がうまくても、だめでしたね。

白井　外国《とつくに》の女優さんの写真を中学の男の子が持っているということは？　誇らしげにコレクションを見せ合ったりしたのですか。

古谷　私の場合は、姉弟で見せ合ったり。しかし高いものだったのですよ。映画が五十銭の時に、一枚十銭したのですから。

池波　十銭というと、そば屋の盛りそば二人前だから。

古谷　余裕のある人じゃないと、プロマイドまでは手が出ないわけです。プログラムはただでしたから、大事にして、うんとためたりしましたけれど。

白井　いま、お考えになって、いかがですか。やはり、ほのかなセックスなどが混入してた……？

池波　それは……ありますよォ！（笑い）。そういう意味じゃ、十三歳の時にみた、グレタ・ガルボの「マタ・ハリ」（一九三二）、驚きましたねえ。オリエンタル・ダンス踊るところ。いま見たらどうかわからないけど、ものすごかったんですよ、とにかく。

古谷　それは妖艶な。ガルボ、そしてニタ・ナルディ……。しかし、ガルボなんか大女でそんなに魅力は感じない。もっと可愛いのだったなあ、プロマイドは。僕の姉はヴァレンチノ一本槍でしたけれど、姉には、あんな下手くそ、といって、むしろバーセルメスの方がいいって言ってたんです。

白井　うちのおふくろが、バーセルメス、リリアン・ギッシュなんです。

古谷　バーセルメス、ヴァレンチノ、それにラモン・ノヴァロが、当時の三大美男俳優といわれて。ヴァレンチノのあの蛇のような目は、男にとっては爬虫類みたいでいやなんだけど、女の人には堪《こた》えられないいんでしょうね。

白井　バーセルメスも伝説の多い人で。

古谷　彼は役がいいんです。正義の味方で、しいたげられて、可哀そうで。だいぶ得してますよ。僕はリリアン・ギッシュ一辺倒……。いまは清純なおばあちゃんになって。

白井　この前、深夜テレビで、ウィリアム・ディターレ監督の「ラブレター」（一九四五）をみていたら、修道院の女院長になって出てた。急いで実家のおふくろに電話しまして、「いますぐ何チャンネル見ろ、ばあさんになったギッシュがでてるぞ」って言いましてね。

抑えられた演技にも強烈な色香が

池波　不思議なもので、映画見はじめた十三歳ぐらいの時は、やっぱり清純派が好き。ところが十五歳になって吉原へゆくようになると、もうメイ・ウエストとか、ガルボ、ディートリヒ［マレーネ］になる。そうなると、ジーン・パーカーなんか、子供っぽくて見ていられない。もうケイ・フランシスなんかがよくて。

古谷　僕も惚れましたよ。格好がよくて、背が高くて。彼女によく似たダンサーがいて、そこへしばらく通ったこともあります。

白井　そうなると、いまでいうオナペットみたいな要素があったんですか？

池波　いや、オナニーなんかしない（笑い）。

白井　吉原へ行っちゃえばいい（笑い）。

池波　それはもうどんどん……。

白井　ところで、プロマイドは額へでもいれておいたんですか？

古谷　壁に一枚や二枚は貼るけど、本筋は箱にちゃんとしまうことでしたね。時々、入れかえたりして。

池波　これぞ、という時には、日本の支社へカネ送ってスチールを買うんです。いまだに覚えてる最初は、株屋へ入ったとたんに、「私のダイナ」（一九三四）のジョーン・クロフォード、これにはイカレちゃって、メトロ［・ゴールドウィン・メイヤー］から買いました。額に入れました、これは。

白井　キャビネ［16・5×12センチ］ですか。

池波　いやもっと大きい。四つ［30・5×24・5センチ］ぐらい。この額を住みこみの株屋の三階、大広間に店員がみんな寝てるとこへかけて怒られた。「誰だこんなことして」「私だ」「正どんはこんなことをしちゃいけない」。正どん、っていう時代だし、支配人が堅い人だったから。しかし、みんなよかったですよ、いまの女優に比べると。

白井　今はスターが日常的な次元にまで下がっちゃった。当時は黒白で音も声もない。だからこそ神様みたいだったんでしょう。

古谷　そうですよ、題名や内容で見にいかない。役者の名前みて、映画にゆくんだもの。

白井　サイレント時代は、好きな女優が出ると、かけ声がかかったといいますが……。

池波　そうそう。

白井　どうかけるんですか？

池波　「ジョーン・クロフォード！」なんて（笑い）。ただ映画がもう、いまとは違うのです。たとえばクラレンス・ブラウンの撮った「肉体と悪魔」（一九二六）。ガルボとジョン・ギルバートのラブシーンなんか、ただもう抱き合ってキスなんて風にはならない。互いに目を見交わす感じとか、小鼻の動きとか……。夏の夜の木立で、男の小鼻がヒクヒク動くってことは、ガルボの香水や何か、すべてが匂ってくることなんです。ガルボの小鼻もヒクヒク動いてね。

古谷　検閲という制限がありましたから。でも、その制限のなかで、いかに表現するか、技術的には秘術を尽くしていたのですね。

白井　これは聞いた話ですが、「山猫ルシカ」（一九二一［ドイツ］）ですか、ポーラ・ネグリが雪の日にテントのなかでおシッコをすると、テントの外で回ってるカメラが雪のジューって解けるのを撮ってつなげる。そのシーンで、見てた観客がみんなふるえたとか……（笑い）。

古谷　抑えられているから、よけい色っぽいのでしょうね。裾からちょっと出た脚が色っぽい、というように。

池波　だから子供がみてもわからない。大人にだけわかるようになってる、だから色っぽくても構わないわけだ。いまは、あんなに裸をみせておくのに、大切なところはみんな禁止しちゃって……（笑い）。

トーキー化が趣向を変えた

池波　古谷さん、ここらで、僕らがプロマイドを買った人気女優の名を、ズラッとあげてみましょうか。

古谷　まずクララ・ボウ。〝イット〟と称した、あの性的魅力……。

白井　当時、流行語になったそうですね。〝イット〟というと、日本語では〝それ〟？

古谷　いや、映画の題名［邦題］は「あれ」（一九二七）。いつのまにか原題の「イット」［It］になって。それにジャネット・ゲイナーには夢中になりました。アラ・ナジモーヴァも名女優として一世を風靡しました。「サロメ」（一九二三）とか「椿姫」（一九二一）……。あと同じキャロルで覚えているのが、ナンシー・キャロルにスー・キャロル。ナンシーが悲劇っぽくて、スーは喜劇、姉妹でも何でもないんだが一緒の時代だもんで覚えてる。

池波　ほんとの映画好きは、性格俳優なんかが好きだけど、こうした人はプロマイドを買わなかった。だから、銀座と浅草じゃ、ちょっと傾向がちがっていたのじゃないかな。古谷さんのに補足すると、メリー・ピックフォード。それにメイ・ウエスト。フェイ・レイも大変な売れかたをしました。キング・コングの女王ですよ、妖艶で……。

アン・ハーディング。バーバラ・スタンウィック。マデリン・キャロル。エリナー・パウエル、この人はタップダンサー。そしてルイゼ・ライナー、これは清純派。ロザリンド・ラッセル。フランソワズ・ロゼー。ヴィヴィアンヌ・ロマンス、この人は「我等の仲間」（一九三六［フランス］）一作だけだったけど。ドロレス・デル・リオ。アンナ・ステン。こんなとこ覚えてますな。

白井 続々と出てきましたが、サイレントからトーキーへの転換があって、セリフのしゃべれないスターが、かなり脱落したのでしょうね？

池波 いやセリフだけじゃなかった。この時にメーキャップがぜんぶ変わった。サイレント時代のマーナ・ロイ、ジョーン・クロフォード、ジーン・アーサー。この三人のメーキャップは、もう別人のように変わった。つまりリアルになったんです。

白井 サイレント特有の、あの白塗り。アークライトで照らして真っ白にしたのが……。

池波 そう。それに耐えられるスターだけが残った、むろん声もあったでしょうが。だからバーセルメスみたいな、日本でいえば歌舞伎役者か浅草の軽演劇役者のような顔は、トーキーになって、いっぺんにダメになりました。けれど、彼はハワード・ホークスが、ケーリー・グラントとジーン・アーサーで「コンドル」（一九三九）を撮った時に、「一銭もいらない」って言って出た。これはよかったです。

白井 僕はこの映画で、バーセルメスをかろうじて知っています。

池波 マーナ・ロイなんか無声映画の時は変な役ばかりでひどいもんだったのが、声出すようになって、がぜんよくなって。

古谷　サイレントだから歌舞伎でよかったのですね。別世界の人間ということで……。

白井　レンズもよくなる、セットもリアルになる、ってことと並行で。しかし初期のトーキーは、スクォーキー、つまり騒音映画なんてよくいいますが、ひどかったそうですね。

古谷　テレビの初期と同じですよ。紙なんか扱うと、ガサガサッとすさまじい。日本でも同じで五所平之助の「マダムと女房」（一九三一）、主人公の小説家が、原稿用紙を丸めると、ガシャガシャガシャ！（笑い）

白井　プロマイドも変わったはずですね。白塗りからリアルになると。

古谷　平面的な顔から彫りの深さのほうに変わりましたね。ゲイリー・クーパーなんて典型でしょう。さて、こんどは男優にいってみましょうかな。

ダグラス・フェアバンクス。バスター・キートン。アドルフ・マンジュウ。ジョージ・バンクロフト。ジョージ・ラフト。ジョン・ギルバート。そしてジョン・バリモア。それにドイツのウェルナー・クラウスにコンラート・ファイト。

白井　コンラート・ファイトは、僕たちは「カサブランカ」（一九四二）のドイツ将校ですが。

池波　ファイトは日本の女にもてたんですよ。「黒騎士」（一九三二）とかね。戦前の女は、ああいう軍人風にも弱かったのですよ。

古谷　「カリガリ博士」（一九二〇）の睡《ねむ》り男ね。

池波　僕が男でプロマイドを買った覚えのあるのは、ジャッキー・クーパー。ウィリアム・パウエル。それにジャン・セルヴェ、「別れの曲」（一九三四）のね。

白井　われわれは「男の争い」（一九五五）。

池波　それからハンス・ヤーライ。アドルフ……のちのアントン・ウォールブリュック、これは「たそがれの維納《ウィーン》」（一九三四）ね。ロバート・ドーナット。ウィリアム・S・ハート。チャールス・ファーレル。フレッド・マクマレイ。ワーナー・バクスター。ウォーレス・ビアリー。ジョン・バリモア。ライオネル・バリモア。それにフランチョット・トーン。

古谷　トーンはインテリの女が騒ぎましたね。レスリー・ハワードかトーンか、と。

日本人好みの俳優たち

白井　少し時代をさげましょうか。僕も少し知っているあたりへ（笑い）。また女優にもどって。

池波　クローデット・コルベール、「模倣の人生」［一九三四］とか。

古谷　日本人向きでしたね。可愛くて、ちょっと鼻が上を向いて。

池波　右側からじゃないと写させない。それで「或る夜の出来事」（一九三四）の時には、クラーク・ゲイブルとずいぶん喧嘩したらしい。

白井　ダニエル・ダリューなんてのは、戦後のわれわれも知っている。

池波　それはたいへんなものですよ、シモーヌ・シモンと並んで。

古谷　やはり日本人好みの美人ですね。僕はジュディ・ガーランドってのは好きでしたね、これは青春女優で、十六、七の時、「アンディ・ハーディ」（一九三八〜四一）とかいうシリーズをやっていたんだ。

白井　ミリアム・ホプキンズというのは、僕ら戦後は、きれいなおばあちゃんという感じですが。

池波　戦後、オードリー・ヘプバーンの「噂の二人」（一九六一）のもとになった「この三人」（一九三六）。これをミリアム・ホプキンズとマール・オベロン、それにジョエル・マクリーだったたか。同じウィリアム・ワイラー監督ですが、こうした映画のホプキンズはよかったね。戦後まもなく、ベティ・デイビスと「旧友」（一九四三）ってのに出た［日本公開は一九四八年］。

古谷　演技派でした。

池波　「巴里祭」（一九三三）「地の果てを行く」（一九三五）のアナベラ。

白井　これはひとつ名前、めずらしい。

池波　いや、アンナ＝ベラでしょう。フランスからハリウッドへ行って、タイロン・パワーと結婚して、すぐ別れて。

白井　いま出たベティ・デイビス。昔の映画みてると妖艶ですね。

古谷　といっても、目ばかりギョロギョロして、それに演技派を鼻にかけてるようなところもあった。

池波　熱演型でね。印象深いのは、ハンフリー・ボガートがはじめて出た「化石の森」（一九三六）だったね、彼女は。

白井　フランスといえば、戦後派の僕が思い出すのがマリー・ベル。

池波　戦前のフランス映画は、とにかく数が少ない。ジャン・ギャバンなんかは、頻繁に現れたけど、女はそのたんびにかわる。ダリュー、マリー・ベル、そしてフランソワズ・ロゼーなんて、一応きたほうですね。

古谷　ロゼーはあんまり若い役は覚えていない。はじめから、おばさん。

池波　だけど「女だけの都」（一九三五）のロゼーは、ものすごい。あの色っぽさってのは、なかなかないですよ。ダリューは、ギャバンが二度めの夫人と別れたあとの恋人でしたな。

白井　イギリスからハリウッドに行ったヴィヴィアン・リー、この人は僕らには戦後ですが。「風と共に去りぬ」（一九三九）は戦前、輸入されていたけど、戦争のせいで封切れなかったとか〔日本公開は一九五二年〕。

古谷　僕はマニラでみましたよ。フィリピン人はアメリカ映画なしじゃ、夜も日も暮れない。ただ「風と……」だけは公開されなかった。あんまりキレイすぎてアメリカ崇拝がもどっちゃ、と。僕は軍の映画班に無理にたのみこんでみた。

池波　最高のコンビで人気のあったのが、ジンジャー・ロジャーズにフレッド・アステアだね。

白井　アステアには、戦前・戦後、いろんな女優が組みましたが……。

池波　ほかのはダメ。ほんとは二人、仲が悪かったそうだけど。

古谷　もっとも日本向けということで言えば、シルヴィア・シドニー。メロドラマで一世を風靡しました。

池波　そうですよ。「お蝶夫人」（一九三二）〔プッチーニの歌劇「蝶々夫人」の映画化〕の時には、新派の花柳章太郎がいろいろ面倒みたんですよ、衣装なんか。それがたいへん着やすかった、というのでシドニーが花柳のところに礼状をよこした、という話がありました。

白井　日本人向きといえばシモーヌ・シモン。

池波　これには面白い発見が僕にありましてね。日本の男は「乙女の湖」（一九三四）のあの水着姿に興奮しちゃって、プロマイドが売れてたいへんだったんだけど、この間、検閲で切られたシーンの残っている「乙女の湖」をみたんです。そうしたら全裸シーンがあった。戦前公開のはみんな着てましたがね。

古谷　何とも颯爽としていた点では、グローリア・スワンソンね。「蜂雀」（一九二四）でしたか、スリだか女賊だかになって、鳥打ち帽をヒョッとかぶって、あれはよかったな。鼻がちょんと上向いて。うまくはなかったが。

白井　僕らだと、「サンセット大通り」（一九五〇）まで時代が下がっちゃう。

戦争に関心薄かった？洋画ファン

白井　戦前でも、アイドル・スターが結婚すると、夢がこわれたものですか？

池波　それはそう。マーナ・ロイがアーサー・ホーンブロウなんてプロデューサーと一緒になると、もうマーナ・ロイの映画なんかみないとかね。

古谷　たしかにそうでした。だから結婚しても、相当に秘密にしていたのが多かったですよ。

白井　そうした情報は、どうして伝わったんですか。

池波　僕の場合は、映画好きの友だちがいて、丸善で映画の本を買ってきちゃ、みんな訳してガリ版で刷って、配ってくれた。

白井　それはすごい（笑い）。

池波　つまらない話かもしれないけど、マックスウェル・アンダーソンの「ウィンター・セット」［一九三五初演］という戯曲がブロードウェイで評判になって、やがて映画化される［一九三六］という話が伝わると、その戯曲の原本とりよせて、ぜんぶ訳しちゃう、なんてこともありました。

白井　こうしたお話うかがっていても感じますのは、日本人はサイレント時代から、ハリウッドのスターを愛して、いつもアイドルにしていたし、大作のほとんどは封切られていた。それを見ていた大人たちが、よくまああんな国と戦争しましたね。これは戦後派人間の疑問ですが。

池波　僕もそれは言いたいんですよ。たしかに戦う時は、やろう、という気はあったけど、戦前にみたアメリカ映画の影響で、そんなに悪い国だとは思っていないんだよね。株屋にいましたから、石油にしても何にしても、確かに息が詰まってきたのはわかったけど、それはアメリカの政治家がしてるんで、アメリカの国民には憎しみ感じていなかったな。

古谷　僕は小学校の前半はアメリカだから、親近感はもっともっとありましたよ。ですから戦争になっても、勝つ、負けるについて、そんなに深く考えなかった。

白井　それにしても、われわれより上の世代の大人は、ゲイリー・クーパーや、クラーク・ゲイブルの国と、よくやる気になったなあ（笑い）、という思いがある。

古谷　何てバカな戦争とまでは思いませんでしたが、ともかく戦意は湧きませんでした。

池波　これだけ経済的に締められれば、やるしかないかな、ぐらいは思いましたが、鬼畜米英なんて感は、私たちしてません。

白井　僕ら戦後、「空の要塞」（一九四一）なんていうリバイバル映画みたわけですが、その時に、こんな飛行機映画みていてね、という感じがリアルにしました。

それでもアメリカ映画をみたかった

古谷　僕はマニラへ、新聞社から行ったんだけど、ただもうアメリカ映画を見られる、ということがうれしくて。日本じゃみられないし、この戦争は長いと感じていましたから、マニラのどんな場末の映画館にも出かけてゆきました、地図で捜して。

白井　占領下でアメリカ映画をやっていたのですか。

古谷　最初ちょっとやめたそうですが、そんなことしたらフィリピン人が黙っていない、ということになって、すぐ解除になりました。

池波　映画はよく世界の風潮と日本のそれが共通していることを伝えていますね。人間の体つきまでそうです。戦前のアメリカ女優なんて、雲つくような大女はケイ・フランシスとメイ・ウエストぐらいで、あとはジンジャー・ロジャーズにしても、シルヴィア・シドニー、ジーン・アーサーにしても、みんな小柄でした。それに、当時のアメリカは、まだヨーロッパ・コンプレックスのあった時代ですから、ヨーロッパの文化に頭の上がらない日本とよく歩調が合ったとも言えますね。

古谷　日本はたしかに無謀な戦争を始めたけれど、アメリカ映画の宣伝力、アメリカに親しみをもたせるという力は、たいへんだったといえませんか。

池波　それは古谷さん、戦争に負けた時に如実に出たんじゃないですか。すうっとアメリカに顔を向けてしまった。

白井　われわれの世代が興味のあるのは、日米間が険悪になってきた時の映画状況なんですが……。

池波　東京でのアメリカ映画の最後は、ロバート・ドーナット、ロザリンド・ラッセルの「城砦《じょうさい》」（一九三八）、それに「スミス都へ行く」（一九三九）の二本でした。フランス映画じゃ「幻の馬車」（一九三九）、デュヴィヴィエ［ジュリアン監督］の……。

古谷　「スミス都へ行く」は、十二月七日までやっていましたね。開戦は国家機密だったろうし、開戦まで、あんまりアメリカへの反対宣伝などは激しくやっていなかった。

白井　池波さん、十二月八日の宣戦布告を聞いた時、「これでアメリカ映画見られない」なんて思われました？

池波　それは思いましたよ。前の晩ちょうど吉原行って朝帰りしたんだ（笑い）。そしたら、おばあさんがお説教するんだね。そこで家とび出して、なぜ博物館なのか覚えちゃいないけど、上野の博物館ブラブラしてたんだ。それで帰ってきたら、おばあさんが、「また戦《いくさ》だよ」なんて。日清・日露知ってる人だから、あんまりびっくりしていなかったけれどね。

白井　おいくつでした？

池波　徴兵検査の寸前でしたかな。そこでこりゃたいへん、母親に少しカネ残して戦争に行かなきゃということで、株の清算に兜町行って、帰りに、八重洲口のレストランでカキフライにカレーライス食ってビールのんだの覚えてます。ああ、その足で銀座へ出て溝口健二の「元禄忠臣蔵」［前篇。一九四一年十二月一日公開。後篇は翌四二年二月十一日］を見たんだ。

白井　あの映画はその年だったんですねえ。それであんまり人が入らなかったんですね。戦争中はハリウッド・スターのプロマイドなんか、どうなすってたんですか？

池波　僕は戦争行ったあとに、戦災を三度受けたから、ぜんぶ焼けちゃった。南部圭之助さんの編集した映画雑誌「スタア」も、プログラムも、ぜんぶ焼けた。

古谷　僕も「スタア」は、ずっと読んでたなあ。ただ僕の場合、前の日までアメリカ映画やってたでしょ。これっきりという感じがあまりないところへ、翌日からピシャッ、でしょう。ショックでしたね。

白井　そしてあとは、ドイツ映画ばかり。

池波　そう、オリンピック映画。

白井　「民族の祭典」「美の祭典」（共に一九三八）。

古谷　それからフランス映画はしばらくやっていたのじゃなかったかな。

池波　だけど、こうしてむかしの役者の話をしていると、いま、あの頃の役者がみんなじいさん、ばあさんになって出ている、ということがわかりますね。これは楽しみです。この間、「オーメンII」（一九七八）にシルヴィア・シドニーが出てるんで驚いた。

白井　むかしの大女優を、いま、おばあさんで出すのが売りもののひとつになってきてるんです。いかがですか。大むかしの美男・美女が端役で出てくることには？「そうして欲しくない」と思いますか？

古谷　いや、懐かしいですよ。フレッド・アステアでもリリアン・ギッシュでも、キレイな役で出してもらって。なかなかみんな堂々として……。

池波　可愛かった女優が、年とって鼻の下になんかヒゲがうっすら見えるおばちゃんになっても、男優の場合は禿げちゃっても、喜んで出ているのが、もうはっきりみえるところがいいんです。

一九七九・十・十八

（座談会「アサヒグラフ　臨時増刊　外国映画プロマイド60年」一九七九・十二・五）

ベニス紀行　座談会　――吉行淳之介（一九二四―九四）、小田島雄志（一九三〇―）と

吉行　池波さん、別所（毅彦）さんみたいになったね。

池波　そうそう（笑い）。

吉行　眉が白いっていうのもいいもんだね。あれはなんだろう、黒い人と白い人といますね。

池波　いますね。私は前から白いんですよ。

吉行　野球でいえば、西本（幸雄）は黒いね。池波さんはぼくより一つ上だったね。大正十二年〔一九二三〕生まれでしょう。

池波　ええ、十二年。

吉行　遅生まれですか、早生まれですか。

池波　早生まれです。

吉行　そうすると、ぼくより一年早く小学校に入ったんですね。

池波　星でいうと二つ違うでしょう。ぼくは六白《ろっぱく》〔占術の「気学」が基準とする九星（きゅうせい）のうちの一つ〕です。

吉行 ぼくは四緑《しろく》ですね。ところで、どうですか、お体は。

池波 あんまりよくないですねえ。それで検査すると、悪いとこないんですよ。

吉行 それならいい。ぼくは二、三年前までそういう状態だった。このところ検査すると、あちこち悪いとこあるんでね。

池波 六十二、三歳まで元気だったんだけど、去年から……。

吉行 いや、ぼくはずっと「銀座日記」を読んでるから分かってる。でも、食が細くなったって言いながらも、けっこう食っててんじゃないかって（笑い）。

池波 いや、食えないですよ。酒ももう全然飲めないし。

吉行 でも、あのくらいでいいとしなきゃいかんですよ。

池波 そうですね。私もそう思うんです。

吉行 ぼくは編集部に「銀座日記」はいつ再開になるんだって、せっついていたんですよ。

本誌 来年一月号からまたお願いすることになりました。

吉行 ぼくは「銀座百点」がくると、まずあそこから読む。なぜかというと、ぼく、わりに食い物好きだけれども、池波さんが好きなようなものが好きなの。あんまり大袈裟でなくて、量も多くなくて、うまそうな。だから、まずそこからいくんですよ。

池波 ああ、そうですか。

吉行 昔、四ツ谷駅のところに三河屋という洋食屋がありましたが、池波さんご存じないですか。

池波 知らないですね。戦後ですか。

吉行　戦前です。いや、ぼくの言うのはああいういわゆる日本の洋食屋さんが下町にはたくさんあったんじゃないかと思うんですね。

池波　そうですねえ。いまは少なくなっちゃった。残ってても客がいっぱいでね。

吉行　ハヤシライスにいろいろ興味持ってんだけど、これは、っていうところありますか。

池波　銀座じゃ、煉瓦亭のがうまかった。ハヤシライスは、あんまり煮込んだやつじゃないほうがいいね。肉とたまねぎを炒めて、そこにルーをザーッと入れる。あまり煮たやつはうまくない。

小田島　なるほど。テレビでハヤシライスの語源というのをやったことありましたね。三つ四つの説があって、上野精養軒からとか、林さんがやったとか、それからハッシュ・ド・ライスだというのもある。ただ、昔はハヤシライスとカレーライスと対等だったのが、いまはカレーのほうが圧倒してますね。日本人の嗜好がカレーのほうがいいんですかねえ。

ベニスは昔の深川なり

池波　この間ベニスに行って来たんですが、ぼくが帰ったあとで、渡辺淳一君が行って、吉行さんが泊まったホテルに泊まったんですよ。

吉行　あ、ホテル・ダニエリ。

池波　ええ。そうしたら、ひどい目に遭ったらしいですよ。

吉行　どういうふうにひどいの？

池波　サービスが悪かったらしい。ファックスを借りたら、貸してくれても、なかなかうまくいかないらしい。

吉行　ダニエリともなるとファックスは似合わないのかな。ただ、ダニエリは名前はいいし、ロビーはいいんだけど、部屋は安い部屋と高い立派な部屋と二種類あってね。ぼくの泊まった部屋は海に沿ってたところはいいんだけど、〝起こさないでください〟という札があるでしょう。ドアのノブとは別のところにあれを掛けるスタイルなんだけど、金具がないんですよ。いろいろ考えて、釘の抜けた跡の穴に綿棒突っ込んで、そこに掛けた。どうしたかなあ、あの綿棒は（笑い）。

小田島　ぼくは、ダニエリはロビーで酒を飲んだだけだ。

吉行　それで十分ですよ。

池波　ベニスって、昔の深川ですね。ぼくの子供のころの。

吉行　ああ、なるほど。ぼくは、深川はすぐ新内流しなんて思っちゃうけど、翻訳していくと、ムードがそうなるかな。

小田島　ちゃんと川があってね。

吉行　ああ、地形としてですか。池波さん、外国旅行、億劫になりませんか。

池波　もうちょっと飛行機の中がダメですね、あれはもう拷問ですね。今回もこれが最後だろうと思って……。あと一回行きたいと思ってるけども、ちょっともうどうかなと思うんですよ。

吉行　外国旅行も打ち止めっていうときがあるみたいですね。ぼくは昭和五十四年〔一九七九〕にベニスに行って、以来、成田まで行ったことないんです。

池波　ああ、そうですか。

吉行　そのときはもう半ばヤケなのね、こっちは。それからパリが怖いところになってると書いておられたけど、かなりひどいですか。

池波　ひどいって、変わってしまうんですねえ。東京と同じですよ。やっぱり地上げ屋がいて、古いアパートなんか壊しちゃって、いま近代的なビルばかりでしょう。変わる速度が速くなってきた。

吉行　十歩歩くと脅迫されそうな感じに書いてあったけど、それはないですか。

池波　それはないです。

小田島　ひところ、ジプシーがだいぶパリに出没してたらしい。

吉行　それは、小銭をもらいたがるわけ？　べつにホールドアップじゃないのね。

小田島　大勢でやって来て、せびって、ほっとけば、ハンドバッグでもなんでもひったくる。

吉行　かなりホールドアップに近いね。

イタリア人は議論好き

池波　ぼくは外国へ行っても、あまり外へ出ませんからね。だから、いやな思いは一回もしたことない。今度のベニスも、ゴンドラに一回も乗んなかった。ガイドに訊いたら、ゴンドラは雲助「ぼったくり」が多いんだって。だから乗らなくてよかったと思って。

吉行　雲助は困るな。ただ、おもしろかったのは、ゴンドラが曲がり角に来ると叫び声を上げる。

小田島　「アーオ」って言うのね。

吉行　それがまあ、自動車の警笛みたいなもんだね。

池波　夜になると、サン・マルコ広場のカフェでバンドが演奏してましたでしょう。

吉行　ああ、やってたなあ。ただ、ぼくは幸いシーズンオフに行ったんだ。池波さんはシーズン中ですか。

池波　九月です。

吉行　九月はちょっとオフなんだ。ぼくも九月だ。ベニスに、娼婦がいないんで、これはイタリアというのはよほど宗教的な国かと……。で、イタリア人の通訳に、これは美人なんだけど、非常に真面目な女で、共産党なんだよね（笑い）。ぼくが「なぜ娼婦がいないか」と訊くと、こっちが欲してると思って怒り出すんだ。こっちは状況として訊いてるのに。で、ゴンドラの人に訊いてもらったら、長々としゃべってんだよ。簡単なことなのになにを長々としゃべってんだと言ったら、政治情勢についてしゃべってると（笑い）。あとで考えたら、シーズンオフだからいないだけの話（笑い）。

小田島　イタリア人というのは議論が好きですねえ。ぼくがびっくりしたのは、ミラノの聖堂《ドーモ》の前の広場で、何十というグループができててなにかガンガンやってるんですよね。国際情勢についてでもやってるのかと思ったら、イタリア語の分かる人が「家賃値上げ賛成か反対かでやってるんですよ」と。ほんとに井戸端会議なんだ（笑い）。池波さん、外国はどこがお好きですか。やっぱりイタリア？

池波　フランスの田舎ですね。

小田島　ぼくもパリだと、タクシーに乗るたびにけんかするんですが、田舎はいいですね。

池波　だからタクシーはもう乗らないんですよ。

小田島　ただ、いま地下鉄は怖いし。
池波　いや、運転係を連れて行くんですよ。あと通訳も。
小田島　それはいいですね。でも、贅沢だなあ。
吉行　池波さんは癇癪持ちのはずだね。
池波　いや、そう言われるけどねえ。そんなに癇癪持ちじゃない。
吉行　いまはそんな感じじゃないね。
池波　ないでしょう。ただ、若いとき、芝居やっているころ、いわゆるスターたちとけんかばかりしてた。芝居の世界ってのは、どうしてもけんかが多いからね。
小田島　それはよく分かる。気が狂ってないとやれないところありますからね。
池波　第一、役者が狂ってますからね。ぼくは小説を書くようになって、こんないいとこないと思ったもの。なんの物音もない。書いて渡せばいいんだ。
吉行　ああ、チームプレーじゃないからね。そういやそうだなあ。

足の弱りから

吉行　ぼくはわざとお送りしなかったんだけど「週刊読売」の連載のときに、池波さんのことをちょっと書いた。
池波　読みました。
吉行　イタリア製の、ステッキになる傘っていうやつ。池波さんが「銀座日記」に書いたのを読んで、ぼくも持ってるの思い出してね。あれでぼくはほんとにがっかりしたのは、七年ぐらい前にもらってるのに、一度も使ってないってこと。体が弱ってるんですよ。歩くってことがない。

池波 あれはわりあい便利なもんですよ。ことに足が弱ってからね。足が弱るなんて考えたこともないのにねえ。

吉行 ぼくはここの玄関でも、椅子に座って靴をはかないと、はけなくなっちゃった。前はひょいと膝の上でやれてたのにね。

小田島 円地［文子］さんは料亭の男の人におんぶされて、ここまでいらっしゃった。

吉行 あれは色気があったな。なんか道行きみたいだった。

池波 足が弱ってきたなって自分で分かりますね。歩いててヨロヨロしてる。

吉行 ねえ。それから、いやだっていうのに新聞に写真載せるでしょ。それ見ると、間もなくだなあと思ったりする。画家の前川直《ただし》が亡くなりましたねえ。ぼくの全集の装丁を二度ともやってもらってる。五十七歳、ちょっと若いね。

小田島 だいたい絵描きって、長生きの感じだもんねえ。

吉行 あの人は細々《こまごま》したの描きすぎたんだよ。

池波 挿し絵画家はわりあい早く逝くんだよ。大変なんですよ、あれ。

吉行 挿し絵画家は若死にしてますか。

池波 わりあい早いですね。挿し絵画家って、仕事に追われる上に息を詰めて仕事しますね。そうすると奥歯が傷《いた》むんだそうですよ。

小田島　ああ、力が入って……。
吉行　野球の選手と同じだね。それから体操の選手がボロボロなんだって。挿し絵画家もそうですか。
小田島　小説をお書きになるとき、歯をくいしばって、という感じはないわけですか。
吉行　小説はないですね。どうです？
池波　ないですよ。
吉行　しかし、ちょっと絵が描けるって、いいですねえ。楽しいでしょ、描いておられて。特に自分の小説の挿し絵など描くと、いい気分じゃないですか。痒いとこにまで手が届く（笑い）。
池波　あれは、中一弥《なかかずや》さんが家を引っ越して不便な所なんですよ。担当の女の子が原稿とりに行くと、凝り性だからできてない。で、夜遅くタクシーがつかまらない。あの辺怖いから、女の子が護身術を習ってるというんですよ。それで、じゃあ、しようがないからって、ほかの人に頼んだら悪いから、ぼくが描くようになったんだ。で、『秘密』と『乳房』と二回やりました。で、吉行さんにほめてもらった。
吉行　そう、バーの「眉」で、でかい声出して話したんだ。
池波　このごろ、昔のことを次から次へ考えるでしょう。と、寝られなくなっちゃうんだよ。
吉行　あ、それは言える。そういうときいいこと考えますか、いやだったこと考えますか。
池波　両方ですね。
吉行　ぼくは、いやだったことばっかり考える（笑い）。どうせ思い出すならいいことだってあったはずなのにね。ただ、悪いことのほうが寝やすい。

池波　そうですかね。

吉行　もう、世の中いやだーって（笑い）。ガックリ寝ちゃう。人生探せば、いくらかいいことあったと思うんだけど、全然思い浮かばない。いやなことばっかり出てきて、自分が丸い虫みたいになって、それで寝れたことがあるんですよ。それがこのごろ効かなくなってね。いやなことがあんまりグッサリこなくなっちゃった（笑い）。年のせいかなあ。

人生は六十まで

池波　いっそのこと、早く逝っちゃいたいという気もするね。

小田島　でも、池波さんは楽しいものがたくさんおありになる。映画にしろ、旅行にしろ、食べものにしろ。

吉行　池波さんはちょっと言うことが贅沢なんだよ。なんだかんだ言っても基本的に元気なんだよ。

池波　そうかなあ。元気ですかね。

吉行　ぼくは病気だらけでしょう。もうそろそろ安息の地に行くって感じね。ぼくは無宗教だから、勝手に安息の地と名付けてるわけ。だけど、ここまできたら粘って、うまいもの食ったりしたほうがいいですよ。

小田島　池波さんはいろいろお好きなものがあるという感じで、吉行さんは好きなことだけやってるという感じがある。

吉行　あんまりないんだな、好きなこと。

池波　欲がなくなっちゃうのね。仕事に対する欲も、食おうって欲もないし。欲がなくなっちゃ、もうダメですよ。

吉行　欲はないいなあ。無難に生きていきたいなあ、人に怒られないで。特に女に怒られないで……。そうはいかないいんだなあ、これが（笑い）。

池波　きょうの座談会、いいじゃない。これでいきましょう（笑い）。

吉行　そう、こういうぼやきの調子でね（笑い）。

小田島　だけど、「池波」ってのは、いい名前ですねえ。

池波　本名ですよ。

小田島　波立ってる間は大丈夫、という感じだものな（笑い）。

池波　それで、手相見ると八十まで生きるんですって（笑い）。

吉行　でも、生命線が長いのがいいとは限らずに、病弱という意味もあるんですよ。

小田島　それは初めて聞くな。

吉行　ぼくの生命線はずーっとこう延びて、手の甲に回って、シワに混ざって元に戻ってる。死なない生命線（笑い）。ところが一時、その回転がなくなっちゃってね。いよいよいかんかなと思った。

池波　でも、グルグル回ってる生命線って初めて聞きました。

吉行　五味康祐とペルーへ一緒に行ったでしょ。そのとき五味が講演して、自分は手相を見ると。で、線の間にシマができてる人はガンだって言うんだ。あんまり極端なこと言うから、みんなワーッと笑うわけ。シマなんてよくあるんですよ、ガンでなくても。

小田島 丸くポッツッとね。

吉行 だけど、彼にはあるんだろうなあと思ってね。見せろって言うわけにもいかんし。疑いのまま別れたけど、それがやっぱり彼の思い入れだったかもしれんね。

池波 私は五味さんに見てもらったことありますよ。

吉行 なにか言いましたか。

池波 妾が三人いるって。それで週刊誌に書かれちゃった。

吉行 案外当たってんじゃない（笑い）。

池波 母が生きてたころでね。近所で、母に、「おたくは大変でございますね」って（笑い）。

小田島 ほんとは三人じゃすまなかったんじゃないかな（笑い）。

吉行 不思議な男だったね、彼は。

池波 だけどね、このごろ人間は長生きして、八十まで生きるって、あんなの嘘だよ。六十過ぎたら、そろそろ準備しないと。

吉行 ほんとに。

池波 ほんの一部の人ですよ、八十も長生きするのは。

小田島 でもいま、六十代なんてまだまだでしょう。

吉行 それは錯覚なのよ。実態は弱ってんだよ。ただ、なんとなく平均寿命が長くなったという……、医学も殺してくれない、それだけの話だよ。ぼくは去年、もう死ぬかと思ってたなあ。

小田島　そう言ってる人がいちばん長生きするって気がするけど。

吉行　いや、それはちょっと違うんだな。

池波　人生は六十まで（笑い）。

吉行　賛成。賛成だけど、やや未練が残る、ハハハハ。

池波　ぼくは十三のときから世の中に出たでしょう。だから、大学を出て世の中へ出た人と比べると、それだけくたびれちゃったの（笑い）。飽きちゃったという感じね。

吉行　社会人としてずっと生活してるからね。それは言えますねえ。きょうは秋の夜にふさわしい、いい話でしたねえ（笑い）。

（座談会「銀座サロン」「銀座百点」一九八八・十二）

Ⅳ

「週刊小説」1973年8月31日号より

六月火雲飛白雪《ろくがつのかうんはくせつをとばす》……つまり、夏の雲が雪をふらせるというわけであった。／〔中略〕／つまり、世の中の常識というものにとらわれてはいけない。夏に雪をふらせるというほどの自由自在な機能をもつということが人間にとっては大切である。言いかえれば、常識というものの中にある馬鹿馬鹿しい考え方からはなれて事にのぞむことも、ときには必要なのだという意味をこの言葉は語っているのだと、法秀尼は教えてくれた。／「何でも〔中《ちゅう》峰広録《ほうこうろく》〕とかいう禅の書物の中にある言葉だそうな」（『人斬り半次郎』）

受賞のことば

望外のしあわせ　第四十三回（昭和三十五年上半期）直木三十五賞

昼寝をしていたら受賞したという知らせをいただき、びっくりした。

今度で六回目の候補だったしとても入るまいと思っていたので、ことさら嬉しかった。

直木賞にえらばれたからといって、別に私の生活は変らない。今まで通りコツコツと書いて行くだけのことだが、今回の入賞を機会に、もっと良い作品を書くようにとの皆さんの御期待に、なんとかしてこたえて行きたいと思っている。

それにしても、わがままで憎まれっ子の私が、ここまでたどりつけたということは、全く望外のしあわせというものだ。

これはみな、先生、先輩、友人の方々の暖いはげましがあったからだ。

とにかく今は良い〔小説〕を書きたいという、しごく単純な感想しか私には生れてはこない。


（同誌四月号掲載の「錯乱」で「オール讀物」一九六〇・十）

第五回小説現代読者賞（昭和四十七年度上期）

私の〔殺しの四人〕が、おもいがけなく小説現代の〔読者賞〕をうけることになり、ほんとうにうれしい。

読者諸氏にえらばれたということは、作家冥利につきるというものである。

今度の読者賞を受けたのを機会に、私は、これからやってみたいとおもう仕事へ手をかけることに、勇気づけられている。

読者のみなさん。

ありがとうございました。

（六月号掲載の「殺しの四人」で「小説現代」一九七二・八）

第七回小説現代読者賞（昭和四十八年度上期）

小説現代の〔読者賞〕を、はじめて受けたのは去年の、ちょうど今頃であった。そのときのうれしさを一年後のいま、ふたたび味うことができようとは……小説の作者として、私は何という幸わせ者であろうか。

読者諸氏にえらばれた、ということの冥利は、小説を書いているものでなくてはわからぬものだ。

藤枝梅安も、よろこんでいるとおもいます。

読者のみなさん。

ありがとうございました。

（六月号掲載の「春雪仕掛針」で「小説現代」一九七三・八）

第十一回小説現代読者賞（昭和五十年度上期）

仕掛人・藤枝梅安を主人公にした小説で、三度も〔読者賞〕をいただこうとは……。作者にとって、これほどの光栄、冥加はないといってよいでしょう。

読者から贈られた賞の重味は、だれよりも作者が知っています。ありがとうございました。

（六月号掲載の「梅安最合傘《もやい》」で「小説現代」一九七五・八）

第十一回吉川英治文学賞

吉川先生とは御生前に二度ほど、何かのパーティで、お目にかかったのみであったが、若いころの私に御手紙を下すったり、いろいろと、はげましていただきました。

おもいがけぬ、このたびの受賞を、吉川先生も、きっと、よろこんで下さるだろうとおもいます。

また、これまでの私の仕事の、ちからになってくれた各誌の編集者諸氏に、厚く御礼を申し上げます。

（「鬼平犯科帳」「剣客商売」「仕掛人・藤枝梅安」を中心とした作家活動にたいして「小説現代」一九七七・六）

最後　追悼・藤島一虎さん

去年の十一月一日。

中目黒の病院に藤島一虎《いっこ》さん〔一八九五―一九七七　小説家〕を見舞ったときには、これが最後になるかも知れぬとおもった。

この日。藤島さんは数日前から病状が落ちつき、まことに美しい笑顔を見せて下すったが、すでに最後の期《とき》が眼前にせまったことを覚悟しておられた。

耳のほうが聞えなくなっていたので、二人して、しばらく筆談をかわした。

ボール・ペンを手にした藤島さんは、先ず、
〔83〕
と、書かれた。

八十三歳の生涯を終えるという意味だったのであろう。

このとき、藤島さんが原稿紙の裏に書き記したすべてを、ここに書くわけにはまいらぬ。まだ、

発表の時期ではないとおもうからだが、いずれ、折を見て、原稿に書くつもりでいる。

さて、終りに、

「西へ行クナラ極楽」

と、書かれ、つぎに、

「先生ご夫妻、みなと君（故・湊邦三《くにぞう》氏［一八九八―一九七六 小説家］。藤島氏と共に、長谷川伸師のもっとも古い門下）が、待っていてくれるでしょう」

と、したためられ、藤島一虎とサインをされた。

別れるとき、手を握り合い、病室を出るとき振り返ると、藤島さんがにこやかに手をあげた。

私も、手を振った。

それが、お別れだった。

数日後、息を引きとられたわけだが、その前に、病院の看護婦さんたちへ、

「お世話になったから……」

というので、形見の品をあつらえ、その品が出来あがったのを見て莞爾《かんじ》とされ、翌日、他界された。

さすがに、藤島さんである。

その死際の立派さには、つくづく胸を打たれた。

（一九七八年一月十一日記）

（「季刊 劇と新小説」十号 一九七八・二）

なつかしい人　浜田右二郎さん

浜田右二郎《ゆうじろう》さん［一九〇三―一八三］は、舞台美術の老大家であるが、むかしは新国劇の総務を兼ねていて、当時、芝居の脚本・演出をしていた私との関係は、まことに古い。老大家といったが、年齢はいくつになるのか……ともかくいまも二、三十年前から外見は少しも変らぬ。パーティなどで会っても椅子にかけている姿を見たことがない。むろんのことに、六十才の私より、はるかに年上であることはたしかなのだ。それでいて毎日、一里を歩かぬと気がすまないそうで、その散歩には必ずカメラが供をする。

江戸から明治へかけての、大劇場の舞台装置では、浜田さんにおよぶものはないだろう。私の脚本の装置も、何度かしていただいている。

すぐれた舞台美術家としての鋭い目で撮った写真によって、浜田さんは江戸の残り香を探りつづけてきた。今回は江戸に限っての一巻が編まれたわけだが、まだまだ各地方を撮った貴重な写真があるはずだ。

この一巻は、若い舞台美術家にとって、有益であるのみならず、時代小説を書いている私にも、

(早く、本にならないものか……)

と、鶴首《かくしゅ》していただけに、今度の出版が実現し、なつかしい人の、すばらしい仕事の結実を見ることは、ほんとうにうれしい。

むかし、劇作家だった私が、浜田総務に脚本料の値上げを交渉したりしたことを思い浮かべると、われ知らず微苦笑が浮いてくる。

昭和五十七年秋

追記

昨年夏、突然に浜田右二郎さんが冥府へ旅立ってしまった。胃ガンだった。

(あれほど、丈夫だったのに……)

だれもが、そうおもったろう。

自分の喜怒哀楽を、めったに表現しなかった人だけに、独りで凝《じっ》と苦痛に耐えていたのかも知れない。

入院してからも、この著書のために口述をつづけ、出版の日をたのしみにしていたが、病勢の速度はあまりにも激しく、ついに、間に合わなかった。さぞ、残念であったろう。

折しも私は足を痛めていて、葬式には出向いたが、浜田さんの死顔を見ていない。
それゆえ、いまも、まだ、浜田さんが生きているような気がする。

昭和五十九年夏

（浜田右二郎『江戸名所図会あちこち』広論社　一九八四・九）

八白土星の風貌　追悼・野間省一氏

去年の八月に亡くなられた、講談社・名誉会長の野間省一《しょういち》氏は明治四十四〔一九一一〕年の四月九日に出生されたというから、気学でいうと本命の星が八白《はっぱく》土星、生まれ月の星が九紫《きゅうし》火星ということになる。

八白という星は〔山〕をあらわす。さらに養子、相続の意をもつ。体格は肥体である。

野間さんを少しでも知っている人なら、この八白の象意が歴然としていることに気づくだろう。西郷隆盛もかくやとおもわれるほどの、すばらしい風貌だった。

また、生まれ月の星の九紫火星は、光熱、火、太陽、学問、出版の意をもち、職業としても、書籍をあらわしている。

野間さんに私が、はじめて、お目にかかったのは、約十五年ほど前だ。そのころの私は、まだ気学の研究をはじめていなかった。

場所は柳橋の料亭「いな垣」であったが、双方ともに一目で好意を抱き合ったのは、野間さんの星の八白と、私の星の六白《ろっぱく》の相性が非常によいからだったかも知れない。

「ふうむ……」

と、野間さんは、あの大きな眼で私を凝と見て、

「あなたは、こういうお顔でしたか……」

つぶやくようにいわれたのを、いまもおぼえている。

そして、尚も私を見つめておられるので、

「何か……?」

問いかけると、野間さんは、

「いや、別に……むかし、私が満鉄にいたときに、あなたと瓜二つの人を見知っていたものですから……」

何やら感慨深げに、そういわれた。

その後、間もなく、野間さんは重患にかかられ、長い長い療養生活に入られてしまったので、お目にかかり、言葉をかわしたのは、そのときの、ただ一度である。

病院から自邸へもどられてから、私の絵や写真がたくさん入った旅行記が出るたびに、おとどけしたが、非常によろこばれたそうな。

私のほうでも、何につけ、野間さんの病状が気にかかって、担当の人びとが来るたびに尋ねていたものだ。

それもこれも、やはり、星と星が合っていたからに他ならぬ。

八白土星の人は、男女にかかわらず、一つの家なり会社なりを相続する宿命をもっている。それは二男三男、次女、三女にかかわらず、そうした宿命になる人が多い。

それにしても、六十そこそこで病患に倒れられたのは、あまりにも早すぎた。

十五年前の、野間さんの年齢を越えてしまった私だけに、つくづくと、そうおもわずにはいられない。


（『追悼　野間省一』講談社　一九八五・八）

素人が売れる時代は心配だな　紫綬褒章受章

戦後、四十数年にわたって一つの仕事を、よくやってこれた、というのが今の実感ですね。受章は、読者と編集者のおかげだと思っています。

ものを書く商売ってのは、スポーツマンと同じなんです。体調を崩しては、いいものは書けないし、迷惑もかける。だから、私は規則正しい生活を心がけているんです。

これまでに書いた本は「鬼平犯科帳」「剣客商売」「仕掛人藤枝梅安」シリーズなど二百八十冊。時代小説のテーマは無限だけど、全部書くまでにこっちがいなくなっちゃうよ。

一つだけ言わせてもらうと、最近は小説でも映画、芝居にしても、全体的にレベルが下がったねえ。素人が売れる時代なんだろうけど、こんなことじゃ、これからの日本人はどうなってしまうのか、心配だな。

（「春の褒章　889人」「毎日新聞」一九八六・四・二十八）

初出一覧

宮澤則雄 編

○印を付した作品は『完本池波正太郎大成　別巻』（講談社　二〇〇一）の年譜に記載のある作品、無印は記載のない作品です。なお、掲載媒体の特集やシリーズのタイトルは（　）内に記しました。また、＊印は註釈です。

I

大川の水　（わたしの東京風景）『The 東京』読売新聞社　一九七五・四・二十

いまに残る江戸八百八町　大川端の昔といま　（新春特別読物　イラスト歴史の旅2）「週刊文春」一九七七・一・六

光りと闇　『色刷り　明治東京名所絵　井上安治画』木下龍也編　角川書店　一九八一・十一

○13才で株屋の小僧になる　（私の苦闘時代）「主婦の友」一九六〇・十

○証券会社から、保健所、都税事務所へと移った十七年間のサラリーマン時代　（私のサラリーマン時代20）「週刊就職情報」一九七八・二・二十五

手製のパン焼器　（私の貧乏物語）「潮」一九七四・十二

体操をつづけて痔の苦しみから救われる　私の闘病記　「主婦の友」一九六三・十二

締め切りさえ守っていれば　（あなたの明日を設計する　高齢化社会をこう生きぬけ　私のパワーアップ健康法　心と体こうしてリフレッシュ）「現代」一九八五・三

○男の常識をたくわえるということは、結局、自分の得になるんだ　（ドリブ生インタビュー）「DoLiVe」一九八三・四

人生の滋味を堪能したいきみに　「平凡パンチ」一九八四・一・三十

おしゃれは、まず自分を知ってから　私の一流品考　『男の一流品大図鑑　’81年版』講談社　一九八〇・十一

○亭主関白の愛情作法　「婦人公論」一九七三・十一
感激の東富士打倒　一年がかり、けたぐりで　（ファン同士が〝ガップリ四つ〟作家・池波氏と春日野親方）「内外タイムス」一九六〇・九・七

Ⅱ

私と平蔵の出合い　「テレビメイト」NETテレビ広報部宣伝課発行　一九七五・五
自分の命を賭ける生き方　（アンケート特集　インタビュー構成　乱世をどう生きるか――私の好きな戦国武将）「潮」一九七四・二
○最近の時代小説　（書いた人）「週刊朝日」一九六〇・十一・二十七
○むずかしい新聞小説　流行作家は楽でない　（取材に来宮した池波正太郎氏に聞く）「宮崎日日新聞」一九六二・十・一
人斬り半次郎について　新連載時代小説　序にかえて　「アサヒ芸能」一九六二・十・二十一
新国劇の「風林火山」　「新橋演舞場公演プログラム」一九六九・九・二
井上靖あて書簡　一九五七・十・十六
○構想はあまり練らず　（あいたかった　読者のインタビュー）「信濃毎日新聞」一九七三・十一・十一
○『蝶の戦記』を終えて　歴史的背景に重み　骨が折れる〝忍者小説〟　裏の裏かく描写　「信濃毎日新聞」一九六八・五・十五
○人間近藤勇　歴史夜咄　「ザ・マン」一九八一・十・五
九年の歳月　大河小説「真田太平記」の連載を終えて　「週刊朝日」一九八二・十二・十七

Ⅲ

三波伸介　ホンモノの芸人　「TVファン」一九七四／『わが愛する芸人《たれんと》たち』北洋社　一九七七・七
田中冬二の世界　『田中冬二詩集』思潮社　一九八八・六

○こころの平和の源泉　『落語百選　冬』麻生芳伸編　金原亭馬生絵　三省堂　一九七五・十二
闘う城　『日本名城大図鑑』新人物往来社　一九七八・七
○田舎に限るよ旅は　「Winds」一九八二・七　＊日本航空機内誌
○『回想のジャン・ギャバン　フランス映画の旅』付言　『回想のジャン・ギャバン　フランス映画の旅』平凡社カラー新書　一九七七・十一
もう一度見たい映画は？　（今月の3人　12月は映画　質問と絵＝和田誠）「小説新潮」一九七三・十二　＊他の二人は黒柳徹子と淀川長治
弁士の名調子に酔う　（思い出のチャンバラ映画）「大殺陣　週刊サンケイ臨時増刊　日本映画80周年記念号　チャンバラ映画特集」一九七六・十一・八
『ブルグ劇場』封切のころ　『東和の半世紀　50 years of TOWA：1928-1978』東宝東和株式会社　一九七八・四
一枚の〝手札写真〟に捺された我らがキタ・セクスアリス　（プロマイド座談会〈戦前編〉池波正太郎　古谷綱正　聞き手・白井佳夫）「アサヒグラフ　臨時増刊　外国映画プロマイド60年」一九七九・十二・五
ベニス紀行　（銀座サロン　池波正太郎　吉行淳之介　小田島雄志）「銀座百点」一九八八・十二

Ⅳ

受賞のことば
望外のしあわせ　第四十三回（昭和三十五年上半期）直木三十五賞　「オール讀物」一九六〇・十
第五回小説現代読者賞（昭和四十七年度上期）　「小説現代」一九七二・八
第七回小説現代読者賞（昭和四十八年度上期）　「小説現代」一九七三・八
第十一回小説現代読者賞（昭和五十年度上期）　「小説現代」一九七五・八
第十一回吉川英治文学賞　「小説現代」一九七七・六
最後　追悼・藤島一虎さん　「季刊　劇と新小説」十号　一九七八・二
なつかしい人　浜田右二郎さん　浜田右二郎『江戸名所図会あちこち』広論社　一九八四・九
八白土星の風貌　追悼・野間省一氏　『追悼　野間省一』講談社　一九八五・八

素人が売れる時代は心配だな　紫綬褒章受章　（春の褒章　８８９人）「毎日新聞」一九八六・四・二十八

各章扉の書

Ⅰ　冬日可愛　「波」一九七六・二
Ⅱ　菊有精神　「波」一九八〇・九
Ⅲ　春山如笑　「波」一九八二・五
Ⅳ　六月火雲飛白雪　（「現代の作家79　池波正太郎」）「週刊小説」一九七三・八・三十一

池波正太郎（いけなみ しょうたろう）

大正十二（一九二三）年一月二十五日、東京市浅草区聖天町生まれ。昭和十（一九三五）年、下谷区西町小学校卒業、株式仲買店勤務。昭和十四年より三年ほど証券取引所にあった剣道場へ通い、初段を得る。旋盤機械工を経て昭和十九年、横須賀海兵団入団。敗戦の翌年、東京都職員として下谷区役所の衛生課に勤務。昭和二十三年、長谷川伸門下に入る。昭和二十五年、片岡豊子と結婚。昭和二十六年、戯曲「鈍牛」を発表し上演。新国劇の脚本と演出を担当する一方、小説も執筆。昭和三十年、転勤先の目黒税務事務所で都庁職員を辞し、作家業に専念。昭和三十五年、『錯乱』で直木三十五賞受賞。『鬼平犯科帳』『剣客商売』『仕掛人・藤枝梅安』の三大シリーズや『真田太平記』等、数々の小説で人気を博す一方、食や映画、旅に関する著作物も多く上梓した。受賞歴はほか吉川英治文学賞、大谷竹次郎賞、菊池寛賞等。平成二（一九九〇）年五月三日、入院していた東京都千代田区神田和泉町の三井記念病院で死去。小社では同じく単行本未収録のエッセイ集『一升桝の度量』（二〇一一）と初期戯曲集『銀座並木通り』（二〇一三）を刊行している。

人生の滋味　池波正太郎かく語りき

二〇二三年一月二十五日　第一刷発行

著　者　池波正太郎

発行者　田尻　勉

発行所　幻戯書房
郵便番号一〇一 - 〇〇五二
東京都千代田区神田小川町三 - 十二
電　話　〇三 - 五二八三 - 三九三四
FAX　〇三 - 五二八三 - 三九三五
URL　http://www.genki-shobou.co.jp/

印刷・製本　中央精版印刷

ISBN978-4-86488-263-7　C0095